遠い春雷

八丁堀剣客同心

鳥羽 亮

時代小説文庫

角川春樹事務所

目次

遠い春雷

八丁堀剣客同心

第一章　老剣客

1

淡い藍色《あいいろ》の夕空に、黒雲が湧き立ち急速にひろがっていた。春だというのに、入道雲を思わせるような黒雲である。妙に生暖かい風が吹き、神田川沿いの堤に植えられた柳の新緑をかきまわすように揺らしていた。

そこは、神田川沿いに延びた柳原《やなぎわら》通りだった。浅草御門のあたりから筋違《すじかい》御門のたもとまでつづいている。堤の柳は、享保の初め将軍吉宗が柳原の名にちなんで堤に柳を植えさせたのが始まりとか。

暮れ六ツ（午後六時）を小半刻《こはんとき》（三十分）ほど、過ぎているだろうか。柳原通りは、ひっそりとして、通りを吹き抜ける風音が、物悲しくひびいていた。

日中は道沿いに古着を売る床店《とこみせ》が立ち並んで賑《にぎ》わっているのだが、いまは人影もほとんど見られない。床店は葦簀《よしず》をまわして店仕舞いし、まったく人気《ひとけ》はなかった。ときおり、柳橋《やなぎばし》あたりで飲んだ酔客や茣蓙《ござ》を小脇にかかえた夜鷹《よたか》などが通り過ぎていくだけである。柳原通りは、夜鷹が出没することでも知られていた。

柳の樹陰に人影があった。客待ちしている夜鷹であろうか。いや、そうではないようだ。武士らしい。袴《はかま》姿で二刀を帯びていた。手ぬぐいで頬《ほ》っかむりしていたので、顔は見えないがかなりの老齢らしい。手ぬぐいの間からのぞく鬢《びん》には白髪《しらが》が目立ち、背もすこし丸まっていた。ただ、胸は厚く、腰もどっしりとしていた。老いてはいたが、武術の修行で鍛えた体のようである。

時とともに空が明るさを失い、樹陰に立っている牢人《ろうにん》を深い闇《やみ》がつつんでいた。牢人は凝《じっ》と通りへ目をむけていた。その双眸《そうぼう》が、闇のなかで獲物を待っている獣のようにうすくひかっている。

遠い西の空で雷鳴がひびいた。一瞬、稲妻が夜空を切り裂くようにはしり、わずかなひかりの残像を黒雲に映して消えていく。

……いまごろ、雷か。

牢人がつぶやくような声で言った。

そのとき、風音のなかにかすかに足音が聞こえた。浅草御門の方から、だれか歩いてくる。男だった。

男は空模様を気にしているのか、すこし前屈《まえかが》みの格好で小走りに牢人の方に近付いてくる。

黒羽織に小袖《こそで》姿だった。武士ではなく、町人らしい。商家の主人といった感じである。ただ、大店《おおだな》の主人には見えなかった。暗がりではっきりしないが、奉公人を連れていないし、着物もそれほどの上物《じょうもの》ではないようだ。

……今夜は、あの男か。

牢人は男が近付くのを待ってから、ゆっくりと通りへ出ていった。

男は、牢人に気付かなかったようだった。思わぬ春雷に、気が急《せ》いていたせいかもしれない。

牢人が行く手に立ちふさがったとき、男はギョッとしたように立ちすくんだ。

「だ、だれです！」

男がひき攣《つ》ったような声を上げた。

牢人は無言だった。かすかに腰が沈み、腰元がにぶくひかった。刀を抜いたのだ。

牢人は、切っ先を前に突き出すように構えた。青眼《せいがん》だが、前屈みになっている。

「た、助けて！」

男は恐怖に目を剝《む》き、喉《のど》のつまったような声を上げた。

かまわず、牢人は疾走した。獲物に飛びかかる獣のようである。前に突き出すように構えた刀身が夕闇を斬《き》り裂いていく。

迅《はや》い！

一瞬の間に、牢人は斬撃《ざんげき》の間《ま》に踏み込んでいた。

ヒイッ！　と、男が喉を裂くような悲鳴を上げ、逃げようとしてきびすを返そうとした。

そこへ、牢人の切っ先が突き出され、刀身が銀色《しろがねいろ》にひかった。稲妻を思わせるような閃光《せんこう》である。

次の瞬間、牢人の切っ先が男の胸部をつらぬき、背中から切っ先が抜けた。凄《すさ》まじい突きだった。

男は身をのけ反らせて、低い呻《うめ》き声を上げた。

牢人は額《ひたい》が男の胸につくほど身を寄せて、動きをとめている。だが、牢人が動きをとめたのは数瞬で、すぐに背後に跳びざま刀身を引き抜いた。

男の胸から血が噴いた。切っ先が、心ノ臓を突き刺したらしい。男は血を撒《ま》きながらよろめいたが、足がとまると、体をひねるようにして肩先から転倒した。

そのとき、稲妻がはしり、闇を切り裂いた。そのひかりのなかに、一瞬、牢人の顔が浮かび上がった。

高い鼻梁《びりよう》と皺《しわ》の多い額。細い目がうすくひかっていた。その目には狂気じみた気の昂《たかぶ》りがあったが、顔には苦悶《くもん》と悲痛が刻まれていた。ただ、手ぬぐいで頬っかむりしていたので、口のあたりは見えなかった。

稲妻につづいて雷鳴がとどろき、牢人の顔は夕闇にとざされてしまった。

地面に俯《うつぶ》せに倒れた男は、起き上がろうとして顔を上げたが、すぐに首が落ちてしまった。いっとき、男は四肢を痙攣《けいれん》させていたが、やがて動かなくなった。伏臥《ふくが》した胸のあたりから血が流れ出し、地面を赭黒《あかぐろ》く染めている。

牢人は刀に血振《ちぶ》り（刀身を振って血を切る）をくれると、納刀し、倒れている男の肩先を持って起こした。そして、ふところに手を入れて、財布をつかみだした。

「これだけか……」

牢人はつぶやいた。財布には一分《いちぶ》銀《ぎん》や一朱銀などで、二両ほど入っていただけである。

それでも、牢人は手にした財布を大事そうにふところへ入れると、ゆっくりと歩きだした。

ふいに、背後で足音がした。小走りに近付いてくる。牢人は足をとめ、刀の柄《つか》に右手を添えて振り返った。

十間《けん》ほど後ろから男が近付いてくる。夕闇にとざされて、顔ははっきり見えなかったが、巨漢の男だった。でっぷりと太り、相撲取りのような大きな腹をしているのが着物の上からも分かった。

「もし、お武家さま」

男が足をとめて、声をかけた。巨漢に似合わぬ細い声で、しかも丁寧《ていねい》な物言いである。

唐桟《とうざん》と思われる羽織に細縞《ほそじま》の小袖。路考茶《ろこうちゃ》の角帯《かくおび》をしめていた。格好は、大店の旦《だん》那《な》ふうである。男は目を細め、口元に笑みを浮かべていた。

何者であろうか。牢人が人を斬ったところを目にしたはずだが、男はひどく落ち着いている。

「おれに、何か用か」

牢人は刀の柄に手を添えたまま男に近付いた。男に武器を持っている様子はなかったが、ただの商人《あきんど》ではないようだ。

「近付くのは、そこまでにしてくだされ。まだ、わたしは斬られたくないんでね」

男の声が低いものに変わった。顔の笑みが消えている。

近付いて見ると、顔も妙に大きい。福耳で頬《ほお》がふっくらし、目が糸のように細い。

福相の主である。

「見ていたのか」

牢人が訊《き》いた。

牢人は足裏を擦《す》るようにして、すこしずつ間合《まあい》をつめ始めた。斬撃の間に近付いたら、この男も斬ろうと思ったのだ。

だが、男は牢人の動きと合わせるように後ろに下がりながら、

「見てましたよ。……二両や三両の金を手にするのに、お武家さまの腕をふるうのは勿体《もったい》ないですよ」

と、小声で言った。動きは思いのほか敏捷《びんしょう》である。

「なに」

牢人は足をとめた。武士ではないし、町方《まちかた》でもないらしい。何者なのか、牢人は興味を持った。

「お武家さまなら、ひとり斬れば、百両、二百両はわけなく手に入ると思いますがね」

「…………」

男が声をひそめて言った。

「それに、暗がりに立って、獲物が近付くのを持つようなこともしなくてすむ」

「どういうことだ」

牢人が訊いた。柄から手を離している。話の内容より、この男か何者なのか知りたくなったのだ。

「どうです、近くの店で一献差し上げたいのですが……。なに、わたしの話が気に入らなければ、何もなかったことにしていただければ、それでいいんです」

男は細い目をさらに細め、口元に笑みを浮かべた。恵比寿《えびす》か、布袋《ほてい》のような福々しい顔である。

2

柳原通りは、賑わっていた。道沿いの床店も表の葦簀《よしず》をはずして店開きし、つるされた古着が風に揺れていた。古着を買いに来た客、ぼてふり、職人、供連れの武士などが行き交っている。

神田川にかかる和泉橋《いずみばし》から二町ほど離れた堤際の叢《くさむら》に人だかりがしていた。通りすがりの野次馬が多かったが、人垣のなかには八丁堀《はっちょうぼり》同心や岡っ引きの姿もあった。同心は黄八丈《きはちじょう》の小袖を着流し、羽織の裾《すそ》を帯にはさむ巻き羽織と呼ばれる独特の格好をしていたので、遠目にもそれと分かる。

「胸をひと突きか」

天野玄次郎《あまのげんじろう》が、横臥《おうが》している死体を覗《のぞ》き込むようにして言った。

天野は南町奉行所の定廻《じょうまわ》り同心だった。歳《とし》は二十七。定廻り同心としては若手だが、ちかごろとみに力をつけてきた男である。

「死骸《ほとけ》を仰向《あおむ》けにしてみろ」

天野が近くにいた手先に命じた。

「へい」

と応え、天野の使っている小者《こもの》の与之助《よのすけ》と外神田や下谷《したや》を縄張りにしている岡っ引きの仙助《せんすけ》が、死体を仰向けにした。

死体は目を剝き、苦悶に顔をゆがめていた。四十がらみであろうか、丸顔で小太りだった。胸を刃物で突かれたらしく、羽織や着物がどっぷりと血を吸い、どす黒く染まっている。胸の他に、傷はなかった。おそらく、下手人《げしゅにん》は正面から近付き、刀で突き刺したのであろう。

……下手人は武士だな。

それも、腕の立つ武士とみていいだろう。

そのとき、天野は死体の右手の甲に刀傷があるのを目にした。二寸ほど裂けている。

切っ先で、斬られたような傷である。

……こいつは、清水屋《しみずや》の番頭殺しと同じ手だ！

と、天野はみてとった。

半月ほど前、同じ神田川沿いの道だが、柳原通りの対岸にある佐久間町で、薬種問屋の番頭の麻蔵《あさぞう》が斬り殺され、三両余の金の入った財布を奪われた事件があった。麻蔵の死体を検屍した天野は、右手の甲に同じような刀傷があったのを見たのである。

ただ、麻蔵は胸を突かれていたのではなかった。首を斬られて、死んでいたのだ。

天野は死体のふところに手を差し入れた。財布も巾着《きんちゃく》もなかった。下手人が奪ったとみていいだろう。

……辻斬《つじぎ》りの仕業《しわざ》か。

麻蔵も、財布を奪われていたのである。

その後、天野は薬種問屋のあるじや奉公人から話を聞き、麻蔵が殺しにつながるような揉《も》め事に巻き込まれていた様子がないことや強い恨みを買っている相手もいないことなどが分かった。そうしたことがあって、天野は辻斬りの仕業とみていたのだ。

「おい、死骸《ほとけ》がだれか知っているか」

　天野が立ち上がって訊いた。

　すると、そばにいた岡造《おかぞう》という年配の岡っ引きが、

「死骸《おろく》は、瀬戸物屋の利根造《とねぞう》でさァ」

　と、応えた。岡造によると、利根造は神田須田町で瀬戸物屋をひらいているという。小体《こてい》な店だが繁盛していて、奉公人が三人ほどいるそうだ。岡造は、神田を縄張りにしていたので、利根造のことを知っていたようだ。

「だれか、ひとっ走りして、店の者を呼んでこい」

　天野は店の者から事情を訊いてみようと思った。それに、検屍が済み、辻斬りらしいと目星がつけば、店の者に死体を引き取らせたかった。いつまでも、死体を通り沿いに置いたままにしておけなかったのである。

「へい」

　岡造が応え、すぐに脇《わき》にいた下っ引きを走らせた。

「それからな、集まっている連中や通り沿いの店の者に訊いてみろ。下手人の姿を見た者がいるかもしれん」

　天野は集まっていた岡っ引きや下っ引きに視線をまわして言った。

　天野の声で、七、八人の男が散っていった。野次馬たちから話を聞く者、通り沿い

の床店へ入る者など、さっそく聞き込みが始まった。

いっときして、孫八《まごはち》という四十がらみの岡っ引きが、半纏《はんてん》に黒股引《ももひき》姿の若い男を連れてきた。大工か職人といった感じの男である。

「旦那、こいつが、うろんな牢人を見かけたそうですぜ」

「名は?」

天野が訊いた。

「敏造《としぞう》でさァ」

親方の下で働いている大工だという。

「牢人を見かけたのは、いつのことだ?」

「通りは薄暗くなっていやしたから……。暮れ六ツを過ぎて、小半刻(三十分)は経《た》ってたはずでさァ」

敏造によると、堤の柳の陰に牢人がひとり身を隠すように立っていて、通りに目をやっていたという。

「そいつが、だれか分かるか」

天野は、その牢人が辻斬りだろうと思った。

「分からねえ。手ぬぐいで頰っかむりしてたんで、顔が見えなかったんでさァ。……

でも、年寄りに見えやしたぜ」

「年寄りだと？」

天野が聞き返した。

「へい、すこし背が丸まってやしたんで……」

敏造は、語尾を濁した。そんな感じがしただけのようだ。

それから、天野はうろんな牢人のことについていろいろ訊いたが、敏造は首をひねるばかりだった。敏造は通りすがりに、樹陰にいる牢人体《てい》の男を見かけただけらしい。

敏造が天野のそばを離れてすぐ、瀬戸物屋に走った下っ引きが、ふたりの男を連れてもどってきた。四十がらみの男と十七、八と思える若い男である。ふたりの名は重《しげ》吉《きち》と梅六。ふたりとも、瀬戸物屋の奉公人とのことだった。

「あ、あるじの利根造で、ございます」

重吉が、声を震わせて言った。梅六は蒼《あお》ざめた顔をして、息を呑《の》んでいる。

天野はふたりが落ち着くのを待ってから、

「昨日、利根造はどこへ出かけたんだ」

と、訊いた。

「や、柳橋の船甚《ふなじん》です」

重吉によると、利根造は得意先との商談のために船甚へ出かけたという。船甚は、柳橋にある料理屋である。それほど高級な店ではなかったが、肴《さかな》がうまいことで知られている。

「柳橋からの帰りにやられたのか」

柳原通りは、柳橋から瀬戸物屋のある須田町への帰り道だった。

「ま、まさか、あるじがこのようなことに……」

重吉が、死体に目をやりながら悲痛と困惑に顔をゆがめた。

「ところで、利根造は財布を持って出たな」

天野は念のために訊いてみた。

「は、はい、……ふだんから持っていましたし、お得意さまとの商談に財布を持って出ないはずはありません」

重吉がはっきりと言った。

「そうだろうな」

天野も、財布はまちがいなく下手人に奪われたのだろうと思った。

それから、利根造の最近の様子について訊いたが、下手人につながるような話は聞けなかった。下手人は辻斬りだろう、と天野は踏んだ。

……早く捕《と》らないと、これからもつづくぞ。

天野の胸には、その懸念《けねん》があった。

3
「旦那、辻斬りの話を聞いてやすか」

髪結いの登太《とうた》が、元結《もとゆい》で髷《まげ》を結びながら訊いた。

長月隼人《ながつきはやと》は、組屋敷の縁先《えんさき》で登太に髷をなおさせていた。毎朝の日課である。隼人は、登太に髪をあたらせてから南町奉行所に出仕していたのだ。

「話にはな」

天野から話は聞いていたが、探索にはくわわっていなかった。

隼人は南町奉行所の隠密廻《おんみつまわ》り同心である。通常、江戸市中の町人地で発生した事件の探索や捕縛《ほばく》は、定廻り同心と臨時廻り同心があたっていた。隠密廻りは、その名のとおり奉行から直接指示を受けて隠密裡《り》に探索にあたるのである。

隼人はまだ奉行から何の指示も受けていなかったし、辻斬りや盗人《ぬすっと》などで隠密廻りが乗り出すことはまれであった。

「これで、ふたり目だそうですよ」

登太は髷を結び終え、櫛《くし》で髷の先を直しながら言った。

「そうらしいな」

隼人は天野から話を聞いて、ひとつだけ気になることがあった。それは、下手人が二件とも初太刀《しょだち》で右手を浅く斬り、二の太刀で首を斬ったり胸を突いたりして仕留めていることだった。

下手人は特異な刀法を遣《つか》うとみたのである。籠手《こて》から首へ、あるいは突きへ。一瞬の連続技だったにちがいない。狙《ねら》った相手は武器を持たない町人なので、咄嗟《とっさ》に出た技であろう。

「旦那、終わりやしたぜ」

登太が、肩にかけた手ぬぐいをはずして言った。髪結いが終わったのである。

「ごくろうだな」

隼人は立ち上がって、大きく伸びをした。

そのとき、畳を踏む音がした。おたえらしい。おたえは、隼人の妻だった。長月家に嫁にきて三年経つ。歳は二十一。子供がふたりぐらいいてもおかしくない歳だが、子供がいないせいもあって、まだ新妻らしさを残していた。

「旦那さま、そろそろ御番所（奉行所）へ出仕なさりませんと……」

おたえが、障子《しょうじ》の向こうで言った。

町奉行所の同心の出仕時間は五ツ（午前八時）と決まっていたが、そろそろ五ツになるのである。

「いま、行く」

隼人は障子をあけた。

座敷に入ると、おたえがすぐに、手にした羽織を隼人の肩にかけてくれた。毎朝のことなので、慣れたものである。

「旦那さま、昨日は義母上《ははうえ》も、お喜びでしたよ」

おたえが、嬉《うれ》しそうな顔をして耳元でささやいた。色白で、ふっくらした頬が朱を刷《は》き、目がかがやいている。

「それはよかった。久し振りの花見だったからな」

昨日、おたえと義母のおつたは、上野の寛永寺《かんえいじ》に出かけた。連日、女ふたりで狭い組屋敷のなかで顔を突き合わせていたのでは肩も凝るだろうと思い、小者の庄助《しょうすけ》に供をさせて花見に出したのだ。隼人は行かなかった。隼人は奉行所に出仕もせず、遊山《ゆさん》に出かけるわけにはいかなかったのだ。

ふたりは、花見を終えた後、不忍池《しのばずのいけ》の端にある茶屋で一休みして草餅《くさもち》を食べ、しごく満足して帰ってきたのである。

「ねえ、旦那さま、今度はいっしょに行きましょうよ」

おたえが、甘えるような声で言った。

「ふたりだけでな」

そう言って、隼人がおたえの尻《しり》をスルリと撫《な》でた。

「まァ……」

おたえが、ポッと顔を赤くし、いやなひと、と小声で言ったが、上目遣いに隼人を見て、意味ありそうな笑みを浮かべた。

そのとき、戸口で、

「旦那、長月の旦那！」

と、呼ぶ声がした。庄助である。

「せっかく盛り上がってたのに、興醒《きょうざ》めだぜ」

隼人は苦笑いを浮かべ、おたえから愛刀の兼定《かねさだ》を受け取って土間へ下りた。

通常、町方同心は下手人を斬らずに生け捕りにする必要があったので、刃引きの長《なが》脇差《わきざし》を差している者が多い。ところが、隼人はふだんから斬れ味の鋭い兼定を差していた。相手によって、刃引きでは後《おく》れを取ることがあったたし、生け捕りにしたいときは、峰打ちにすればいいと思っていたからである。

　隼人は戸口の引き戸をあけた。庄助だけではなかった。もうひとり立っていた。天野が使っている小者の与之助である。

　与之助は顔を紅潮させ、荒い息を吐《つ》いていた。走ってきたせいらしい。

「長月の旦那、いっしょに来てくだせえ」

　与之助が、隼人の顔を見るなり言った。

「どうした？」

「ま、また、辻斬りでさァ」

　与之助が声をつまらせて言った。

「天野がいるだろう。おれの出る幕ではないぞ」

　隼人はそう言ったが、与之助が隼人を呼びにきたとなると、何か異変があったのかもしれない。

「天野の旦那が、長月さまを呼んでくるように言ったんでさァ」

「分かった、行ってみよう。それで、場所は？」

「小舟町でさァ」

　日本橋小舟町は、日本橋川にかかる江戸橋を渡った先である。八丁堀からも、遠くない。

「庄助、いっしょに来い」

隼人はすぐに表通りへ出た。

与之助が先導し、隼人、庄助とつづいた。

江戸橋につづいて入堀にかかる荒布橋《あらめばし》を渡ると、小舟町である。小舟町は入堀沿いに、一丁目から三丁目まで長くつづいている。

「旦那、あそこでさァ」

掘割沿いの道をいっとき歩いたとき、与之助が前方を指差した。

堀際に人だかりがしていた。通りすがりの野次馬らしいが、米河岸《こめがし》や魚河岸が近いせいか、印半纏姿の奉公人や船頭などが目立った。その人垣のなかに、天野らしい八丁堀同心の姿があった。岡っ引きや下っ引きも集まっている。

隼人が近付くと、人垣が左右に割れた。

4

天野が隼人に気付いて手を上げた。死体は天野の足元にあるらしい。

「長月さん、ここへ」

天野が声をかけた。顔がこわばっている。ただの辻斬りではないらしい。

「前をあけてくんな」

与之助が先導した。

見ると、堀際の叢《くさむら》に、羽織に子持縞《こもちじま》の小袖を着た男が仰向けに倒れていた。恰幅《かっぷく》のいい男だった。羽織は唐桟《とうざん》で、渋い海老茶《えびちゃ》の角帯をしめていた。大店の主人といった身装《みなり》である。

男は恐怖に目を剝き、口をひらいたまま死んでいた。首筋から、胸にかけてどす黒い血に染まっている。

……突きか！

それも、喉を突かれたらしい。一突きである。下手人は腕の立つ者のようだ。血が辺《あた》りの叢にも、激しく飛び散っているのは、血管《ちくだ》を斬られたからであろう。

「長月さん、ふたり殺《や》られています。もうひとりは、あそこ」

天野が指差した。

見ると、五間ほど離れたところに、岡っ引きや下っ引きが数人集まっていた。そこにも死体があるらしい。

「それで、この死骸《ほとけ》は？」

隼人が訊いた。

「室町《むろまち》の船村屋《ふなむらや》のあるじ、甚兵衛《じんべえ》です。もうひとり、向こうに倒れているのが、番頭の峰蔵《みねぞう》のようです」

天野は丁寧な物言いをした。

隼人が天野より年上ということもあったが、天野は町方同心としての隼人を尊敬していたのだ。隼人は剣が立つ上に、これまで難事件を解決してきたからである。

「船村屋のあるじだと」

思わず、隼人が聞き返した。

船村屋は呉服屋の大店だった。日本橋室町の表通りに土蔵造りで二階建ての店舗を構え、奉公人も三十数人はいるはずである。

「さきほど、手先を船村屋へ走らせました」

天野が言った。

「辻斬りが、大物を狙ったわけか」

「それが、下手人はふたりらしいんです」

天野の顔に、戸惑うような表情が浮いた。

「ふたりだと?」

「はい、朝吉《あさきち》という船頭が、ちょうど現場を通りかかって見たようです」

天野が、朝吉はあそこにいます、と言って、指差した。

すこし離れた路傍に、印半纏に股引姿の若い男がけわしい顔をして立っていた。そばに岡っ引きらしい男が、連れ添っている。

「まず、死骸《ほとけ》を拝んでからだな」

そう言って、隼人が死体の脇に屈むと、

「これまでの二件の辻斬りと、様子がちがうようです」

天野が、まず、死骸の右腕を見てください、と小声で言った。

「斬られているな」

右の手首を、二寸ほど斬られていた。刀の切っ先で斬られたのであろう。おそらく、下手人は右手を斬り、二の太刀で喉を突き刺したのである。

「これまでと、下手人は同じとみています」

天野が言った。

「そうだな」

初太刀で籠手を斬り、二の太刀で敵を仕留めるという刀法からみても、同じ下手人の仕業とみていいだろう。

「ですが、これまでと様子がちがうのです」

「下手人がふたりだからか？」

隼人が訊いた。

「それもあります」

「他には？」

「甚兵衛かどうか、念を押してから斬っているようなのです」

天野が低い声で言った。

「ほう、どうして分かったのだ」

「朝吉が聞いたようです」

天野によると、朝吉は、牢人体の武士が甚兵衛に近付き、甚兵衛さんかな、と声をかけ、甚兵衛が、そうですが、と答えたのを聞いてから刀を抜き、いきなり斬りかかったと話したという。

「ただの辻斬りではないということか」

すくなくとも、下手人は甚兵衛という名を知っていて、それを確かめてから斬ったことになる。

「これは、辻斬りではなく、甚兵衛を狙った殺しではないかとみたのです」

天野が隼人に目をむけて言った。

「おれも、そうみるな」

どうやら、天野はふたりの男が大店の主人を狙った殺しと踏み、隼人に声をかけたようだ。大きな事件だとみたのであろう。

「ともかく、もうひとりの死骸《ほとけ》も拝ませてもらうか」

隼人も、今度の事件の背後には、辻斬りの下手人を探索するだけではすまない複雑な事情があるような気がした。

峰蔵も仰向けになって死んでいた。五十がらみであろうか。中背《ちゅうぜい》で痩《や》せた男だった。目をとじていたが、苦悶に顔をゆがめていた。

峰蔵は、腹を刃物で刺されていた。棒縞《ぼうじま》の小袖が裂け、どす黒い血に染まっている。臍《へそ》のあたりから鳩尾《みぞおち》にかけて、抉《えぐ》られたような傷があった。

隼人は死体の脇にかがんで、傷口を見た。

……匕首《あいくち》か。

隼人は、下手人が匕首の刃を上にむけて刺し、腹から上へ抉ったのではないかと思った。殺し慣れた者かもしれない。

隼人は腰を上げると、朝吉のそばに歩を寄せた。念のために、話を聞いてみようと思ったのだ。

「朝吉か」

隼人は声をかけた。おだやかな声である。朝吉が緊張しているのを見て、気持ちをほぐしてやろうとしたのだ。

「へ、へい」

「昨夜《ゆうべ》、ふたりが殺されたのを見たそうだな」

隼人が訊いた。

「一杯《いっぺえ》やった帰《けえ》りに、通りかかったんでさァ」

六ツ半（午後七時）を過ぎていたという。朝吉はいい気持ちで鼻歌を歌いながら通りかかり、殺された甚兵衛たちふたりとすれちがった。そして、十間ほど歩いたとき、下手人と甚兵衛のやり取りを耳にしたという。

「その後《あと》、ギャッ！　という悲鳴を聞きやしてね。びっくりして、後ろを見たんでさァ。ちょうど、甚兵衛さんが、牢人者に斬られて倒れるところだったんで」

朝吉は、甚兵衛につづいて番頭の峰蔵が、町人体の男に短い刃物で腹を刺されるところも見たという。

「峰蔵を殺ったのは、町人だな」

思ったとおり、下手人は匕首を遣ったようだ。

朝吉によると、峰蔵を殺ったのは、遊び人ふうの男だったという。ただ、朝吉は怖くなって逃げたので、じっくり見たわけではないそうだ。

「顔は見なかったのだな」

「へい、ふたりとも手ぬぐいで頬っかむりしてやしてね。顔は見えなかったんでさァ」

「何か気のついたことはないか」

隼人は、下手人ふたりを割り出す手がかりを聞きたかったのだ。

「お侍は、年寄りのように見えやした……」

朝吉は語尾を濁した。自信がないのかもしれない。

「年寄りだと」

隼人が聞き返した。

「へえ、背が丸まっていやしたし、そんなふうに見えやした」

「うむ……」

下手人は老剣客ということらしい。

それだけ聞くと、隼人は朝吉から離れて天野のそばに歩を寄せた。船村屋から番頭以下数人の奉公人が駆け付け、甚兵衛のまわりに集まっていたからである。

その後、隼人は船村屋の奉公人から事情を聞いたが、下手人につながるような情報は得られなかった。分かったことは、昨夕、甚兵衛と番頭の峰蔵は得意先との商談で、堀江町にある料理屋へ行った帰りに襲われたらしいことだけだった。もっとも、奉公人たちも度を失っていたので、通り一遍の聴取をしただけである。

5

その日、隼人が南町奉行所の同心詰所にいると、中山次左衛門《なかやまじざえもん》が顔を出した。中山は南町奉行、筒井紀伊守政憲《つついきいのかみまさのり》の家士である。すでに還暦を過ぎ、鬢や髷には白髪が目立ったが、まだ腰はまがらず矍鑠《かくしゃく》としていた。

「長月どの、お奉行がお呼びでござる」

中山が慇懃《いんぎん》な口調で言った。奉行が隼人を呼び出すとき、中山を使いによこすことが多かった。

「心得ました」

すぐに、隼人は立ち上がった。

奉行の役宅は奉行所の裏手にあった。役宅に向かいながら、中山に筒井の様子を訊くと、すでに筒井は下城し、白洲《しらす》へ出る前に隼人と会うつもりらしいという。

……甚兵衛と峰蔵が殺された件か。

と、隼人は推測した。筒井が隼人を役宅に呼ぶときは、隠密裡に探索を命ずるときが多かったのだ。

中山は役宅の中庭に面した座敷に隼人を連れていった。いつも、奉行と会う部屋である。

「すぐに、お奉行はみえられる」

そう言い残して、中山は座敷を出た。

隼人が座敷に端座していっとき待つと、廊下をせわしそうに歩く足音がして障子があいた。姿を見せたのは、筒井である。

筒井は小紋の小袖に角帯というくつろいだ格好だった。おそらく、白洲へ出るために着替える前なのであろう。

隼人は筒井が対座するのを待ってから、時宜の挨拶《あいさつ》を述べようとすると、

「長月、挨拶はよい」

と、筒井が制した。

筒井の身辺には壮年らしい落ち着きがあった。おだやかな笑みを浮かべていたが、

隼人にむけられた目には能吏《のうり》らしい鋭いひかりが宿っていた。端座した姿にも、奉行らしい威厳がある。

「小舟町で、呉服屋のあるじと番頭が何者かに殺されたそうだな」

さっそく、筒井が切り出した。顔の笑みは消えている。

「奉行所での噂《うわさ》は、耳にしております」

隼人は、検屍に立ち会ったことは口にしなかった。まだ、奉行から探索の指示を受けていなかったからである。

「同じ下手人と思われる者に、斬り殺された者がふたりもいるそうだな」

筒井がつづけた。

船村屋のあるじの甚兵衛と番頭の峰蔵が殺されて三日経っていた。奉行所内でも、噂がひろがっていたので、筒井の耳にもとどいたのであろう。

「そのようでございます」

隼人は、余分なことは口にしなかった。

「長月、此度《こたび》の件、どうみるな」

筒井が訊いた。

「まだ、事件はつづくのではないかと、危惧《きぐ》しております」

　おそらく、下手人はこれからも兇刃《きょうじん》をふるうだろう。それに、下手人がふたりいることも分かっていた。背後には、何らかの組織があるかもしれない。

「わしもそうだ。……それに、下手人は腕の立つ武士だそうだな」

　筒井が隼人を見つめて言った。

「いかさま」

　牢人らしいが、武士にちがいはない。

「長月、探索にあたれ」

　筒井が低い声で命じた。

「心得ました」

　隼人は、低頭した。筒井から探索を命じられることは、ここに呼ばれたときから分かっていたのである。

「手にあまらば、刀を遣ってもかまわんぞ」

　筒井が言った。下手人が抵抗するようであれば、斬ってもよいと言っているのだ。

　筒井は、隼人が直心影流《じきしんかげりゅう》の遣い手であることを知っていた。それで、下手人が剣の遣い手である場合、隼人に探索や捕縛を命ずることが多かった。

　これまでも、隼人は腕の立つ牢人や抵抗する凶賊などを斬ってきた。そのため、隼人は江戸市中の無頼《ぶらい》牢人、無宿者、兇状持《きょうじょうも》ち、地まわりなどから、鬼隼人、八丁堀の鬼、などと呼ばれて恐れられていた。武器を手にして歯向かう科人《とがにん》には、容赦なく剣をふるい、斬殺《ざんさつ》したからである。

「頼んだぞ」

そう言い置いて、筒井は立ち上がった。

隼人は平伏し、筒井の足音が廊下へ去るのを待ってから顔を上げた。

奉行の役宅を出た隼人は、用部屋や同心詰所などを覗いてみた。事件の探索状況を訊いてみようと思ったのだが、定廻りや臨時廻りの同心の姿はなかった。市中の巡視や事件の探索に出ているのであろう。

隼人は、探索を始めるのは明日からにしようと思ったが、このまま八丁堀の組屋敷に帰るのは早すぎた。まだ、昼を過ぎたばかりである。

……豆菊《まめぎく》へ行ってみるか。

隼人は、とりあえず手先に探索を指示しようと思ったのだ。

神田紺屋町に豆菊という小料理屋があった。豆菊は隼人の手先だった鉤縄《かぎなわ》の八吉《やきち》と呼ばれる腕利きの岡っ引きが、老齢を理由に隠居し、女房とふたりで始めた店である。

その八吉が養子の利助《りすけ》に岡っ引きを継がせ、いまは隼人の手先として動いていた。

隼人は、利助に今度の事件の探索を頼もうと思ったのである。ただ、奉行所を出た足で豆菊へ行くわけにはいかなかった。隼人は子供でも分かる八丁堀ふうの格好で来ていたので、身装《みなり》を変える必要があった。八丁堀同心が、豆菊に出入りしていることを近所の者に知られたくなかったのだ。

隼人は組屋敷にもどり、牢人ふうに姿を変えた。髷も、おたえに頼んで小銀杏髷《こいちょうまげ》でなく、牢人ふうに変えてもらった。

隠密同心は役目柄、変装して探索にあたることがあったので、屋敷内に、御家人《ごけにん》、牢人、雲水《うんすい》、虚無僧《こむそう》などに身を変える衣装が用意してあったのだ。

おたえが嫁にきた当初は、隼人が変装するのを見て目を剝いたが、ちかごろは隼人の役目が分かってきたらしく、驚かなくなった。今日も、早く帰ってきて、と隼人の耳元でささやいただけである。

6

神田紺屋町。表通りから横丁へ入ると、小体なそば屋や飲み屋などが軒を連ねた一角に豆菊があった。

店先に暖簾《のれん》は出ていたが、まだ客はいないらしく店内はひっそりとしていた。

隼人が暖簾をくぐると、追い込みの座敷の拭《ふ》き掃除をしていたおとよが、隼人を目にして、

「あら、旦那、いらっしゃい」

と、声をかけた。

おとよは八吉の女房である。四十がらみ、色白ででっぷり太っていた。頬がふくれ、糸のように目を細めた丸顔が、お多福を思わせる。

八吉に言わせると、おとよも若いころは、なかなかの美人だったという。嘘《うそ》か本当か、いまでもおとよを目当てに飲みにくる男客がいるそうだ。

「八吉はいるかな」

隼人が訊いた。

「いますよ、呼びましょうか」

「そうしてくれ」

そう言って、隼人は刀を鞘《さや》ごと抜き、追い込みの座敷に腰を下ろした。

いっとき待つと、おとよが八吉を連れてきた。八吉は前だれで濡《ぬ》れた手を拭きながら、照れたような顔をして近付いてきた。

「旦那、お久し振りでございます」

八吉が満面に笑みを浮かべて言った。

猪首《いくび》で、ギョロリとした目をしていた。岡っ引きをしているころは、睨《にら》みのきく顔だったが、いまは表情もおだやかになり、いかにも好々爺《こうこうや》といった感じがする。八吉は還暦にちかいはずで、鬢《びん》や髷は白髪まじりだった。顔には老人特有の肝斑《しみ》も浮いている。

「利助と綾次《あやじ》は、何をしている」

隼人は店内に目をやりながら訊いた。板場にもふたりのいる様子はなかった。

綾次は利助の使っている下っ引きである。岡っ引きとしての仕事がないときは、ふたりで豆菊の手伝いをしているはずなのだ。

「小舟町の殺しの件を調べると言って、朝から出ていきやしたぜ」

そう言って、八吉が隼人の脇へ腰を下ろした。

「まだ、おれは何も言ってないぞ」

隼人は、その事件の探索を指示するために、豆菊に足を運んできたのである。

「利助が、旦那に言われてから動くようじゃァ、岡っ引きはつとまらねえ、なんて生意気なことをぬかしゃァがってね。朝から、張り切って出かけていったんでさァ」

八吉が目を細めて言った。八吉は、養子にした利助を自分の倅《せがれ》と同じように可愛《かわい》がっていた。その利助が八吉の跡を継ぎ、岡っ引きとして独り立ちするためにがんばっているのが嬉しかったのだろう。

「それじゃァ、おれから言うことはねえな」

隼人は苦笑いを浮かべた。

そこへ、おとよが茶を淹《い》れてきた。隼人は喉を潤したところで、

「八吉、小舟町の殺しの件はどうみる？」

と、訊いた。

八吉は、隠居したとはいえ隼人の父親にも仕《つか》えた腕利きの岡っ引きである。八吉の事件を見る目はたしかだ。

「ただの辻斬りじゃァねえようで」

八吉が小声で言った。顔の笑みが消えている。ギョロリとした目が、虚空《こくう》を睨むように見すえていた。腕利きの岡っ引きらしい凄《すご》みがある。

「おれも、そうみている」

隼人だけでなく、天野も同じだった。

「ふたりが狙ったのは、あるじの甚兵衛だとみていやす。利助から耳にはさんだところによると、下手人は甚兵衛であることを確かめてから斬ってるようですからね」

八吉が言った。

「うむ……」

いい読みだ、と隼人は思った。ふたりが狙ったのは甚兵衛で、番頭の峰蔵はいっしょにいたので口封じのため殺されたのであろう。とすれば、甚兵衛の周辺を洗い、殺しの動機を持つ者を探せば、下手人につながるかもしれない。

隼人がそのことを言うと、

「あっしも、そうみてやしてね。利助に、現場の小舟町で訊きまわるより、船村屋を探ってみろと言ったんでさァ」

八吉によると、利助と綾次は船村屋のある室町へ行って、聞き込みにまわっているはずだという。

「さすが、八吉だ。打つ手が早ぃ」

そう言うと、隼人は湯飲みに手を伸ばして茶をすすった。

「ところで、八吉、下手人のひとりは腕の立つ武士で年寄りらしいのだが、何か心当たりはねえか」

隼人が声をあらためて訊いた。

「年寄りですかい。……心当たりはねえなァ」

八吉は首をひねった。思い当たるような者はいないらしい。

「そのうち、みえてくるだろう」

分かっていることは、年寄りの武士ということだけである。それだけで、下手人を割り出すのは無理だろう。

それから、小半刻（三十分）ほどすると、利助と綾次が帰ってきた。すでに、暮れ六ツ（午後六時）を過ぎ、店内は薄暗くなっていた。客が三人入っていた。ふたり連れの大工と年配の職人ふうの男だった。

客に話を聞かれたくなかったので、隼人は八吉に頼んで奥の座敷を使わせてもらうことにした。八吉たちが居間に使っている狭い部屋である。

座敷に座るとすぐ、利助が、

「旦那、船村屋の事件を探るんですかい」

と、目をひからせて訊いた。

利助の脇に座した綾次も、隼人の顔を見つめている。ふたりはだいぶ歩きまわったとみえ、顔が赭黒く日焼けしていた。

利助は二十代半ば、八吉から岡っ引きを継いで何年か経ち、ちょうど捕物《とりもの》がおもしろくなってきたころかもしれない。

一方、綾次は、まだ十六歳だった。太物《ふともの》問屋の倅だったが、闇《くらやみ》久兵衛《きゆうべえ》と呼ばれていた盗賊に両親を殺され、その敵《かたき》を討ちたいばっかりに、下っ引きの真似《まね》ごとをして久兵衛の行方《ゆくえ》をつきとめようとした。その後、隼人たちの尽力で久兵衛の隠れ家をつきとめ、綾次は親の敵を討つことができたが、そのまま利助の下っ引きとして働くようになったのである。

「まァ、そうだ」

「そいつはありがてえ。あっしらも、遠慮なく探索にまわれまさァ」

利助が声を上げると、綾次も嬉しそうな顔をした。

「ところで、利助、船村屋を探ってたそうだな」

隼人が声をあらためて訊いた。

「へい、親分に言われやしてね。船村屋の近所をまわって聞き込んでみたんでさァ」

利助は、隼人の前ではいまでも八吉を親分と呼んでいた。下っ引きだったころの呼び方が変えられないらしい。

「それで、何か知れたか」

「それが、殺しにつながるようなことは、何も出てこねえんで」

利助と綾次によると、船村屋のある通りをまわり、殺された甚兵衛と峰蔵のことを聞き込んだという。ふたりとも評判はよく、恨みを買うような男ではないそうだ。それに商売熱心で、店は繁盛しているという。

「女は?」

甚兵衛がかかわった女のことで、妬《ねた》みや恨みを買っていたかもしれない。

「浮いた話は、まったく出てきやせんぜ」

「甚兵衛の家族はどうだ」

甚兵衛への恨みではなく、家族に対する恨みを甚兵衛を殺すことで晴らしたのかもしれない。

「家族は四人でさァ」

利助によると、甚兵衛、女房のおふく、嫡男の松太郎《まつたろう》、それに長女のおとしの四人家族だという。おふくは四十がらみ、松太郎は二十歳、おとしは十六だそうだ。いまのところ、家族からも殺しにつながるような話は出てこないそうである。

「これからだな」

隼人は、船村屋を探れば何か出てくるはずだと思った。

7

有馬八十郎《ありまやじゅうろう》は、流し場で洗い物をしていた。水を張った平桶《ひらおけ》に夕餉《ゆうげ》に使った丼《どんぶり》と小皿を浸して、洗っていたのである。

暮れ六ッ（午後六時）を過ぎ、土間につづく座敷は夕闇につつまれていた。隅の方に夜具が延べてあり、娘の鶴江《つるえ》が横になっていた。その顔が、夕闇のなかで白蠟《はくろう》のように浮き上がっている。

日本橋亀井町にある長兵衛店《ちょうべえだな》と呼ばれる棟割り長屋である。有馬は牢人だった。妻のたつが七年前に流行病《はやりやまい》で急逝し、その後、二年ほどしてこの長屋に越してきて、鶴江とふたりだけで暮らしていたのだ。

有馬は還暦にちかい老齢だった。鬢や髷は真っ白で、顔の皺も目立った。娘の鶴江は二十二歳だった。もう嫁にいって子供がいてもおかしくない年頃だが、三年前に労咳《ろうがい》を患《わずら》い、嫁に行きはぐれてしまったのだ。年々労咳は重くなり、ちかごろは食事や厠《かわや》に立つほかは、ほとんど寝たきりだった。

有馬は洗い物を終えると、肩にかけた手ぬぐいで濡れた手を拭きながら、部屋の隅に置いてある行灯《あんどん》のそばに行き、

「そろそろ火を入れようか」

と言って、火打ち道具の入っている箱から火打ち石を取り出した。

「父上に、洗い物までさせてしまって……」

鶴江が首をもたげて、弱々しい声で言った。

だいぶ痩せて、眼が落ちくぼみ、頰や顎《あご》の骨が目立つようになってきた。肌が透けるように白い。そのくせ、唇だけが妙に赤かった。熱のせいである。

「身を起こさんでもいい。寝てろ、寝てろ」

有馬は石を打ちながら言った。

昨日も、鶴江は気分がいいからと言って流し場に立とうとして咳《せ》き込み、なかなか咳《せき》がとまらなくなった。そして、いつになく大量に喀血《かっけつ》したのである。

行灯に火が入ると、座敷が急に明るくなった。白蠟のようだった鶴江の顔に行灯の灯《ひ》が映じて、淡い柿色にかがやいている。

有馬は鶴江の枕元に膝《ひざ》を折った。

鶴江は夜具の上に横になったまま目をあけていた。静寂につつまれた部屋のなかで、鶴江の吐く息の音だけが、はずむように聞こえてくる。

「父上、母上と三人で浅草寺《せんそうじ》にお参りにいったことがありましたね」

鶴江が細い声で言った。

「ああ、おまえが、十二、三のときだったかな」

ずいぶん昔のような気がするが、有馬もそのときのことを覚えていた。妻のたつが屋台の店で安物の櫛を買い、鶴江の髪に挿してやると、鶴江はひどく喜んでいたのだ。

あのころが、一番いいときだったのかもしれん、と有馬は思った。

有馬は八十石の御家人の次男坊に生まれた。父親が何とか剣で身が立つようにと、有馬を近くにあった中西派一刀流《なかにしはいっとうりゅう》の馬淵《まぶち》道場に通わせてくれた。道場主の馬淵源太夫《げんだゆう》は一刀流の達人で、稽古《けいこ》がはげしいことでも知られていた。

有馬は剣術が好きだった。それに、剣の天稟《てんぴん》があったのかもしれない。十四のときに馬淵道場に入門した有馬は、激しい稽古に耐え、年々力をつけた。そして、二十歳を過ぎたころには、師範代にも三本のうち一本は取れるほどになった。

有馬は三十三歳のとき、近所に屋敷があった御家人の娘、たつを嫁にもらった。そのとき、両家の合力《ごうりき》と道場主だった馬淵の援助があって、有馬は日本橋小伝馬町《こでんまちょう》にちいさな町道場をひらくことができた。道場主として、生きていく目途《めど》が立ったのである。

それから三年ほどして、鶴江が生まれた。有馬は幸せだった。ちいさいながら道場主として、何とか暮らしは立ったし、妻との間に娘も生まれたのだ。それから十数年、たいした波風もなく、有馬は妻子とともに平穏な暮らしをつづけることができた。

　ところが、鶴江が十五歳のとき、人生が大きく暗転した。まず、たつが流行病にかかり亡くなったのだ。

　つづいて、たつの葬儀を終えて三月《みつき》ほど経ったある日、道場に道場破りがあらわれたのだ。秋山小十郎《あきやまこじゅうろう》という廻国《かいこく》修行の武芸者で、なかなかの遣い手だった。腕の立つ門弟が破れ、つづいて師範代が後れをとった。最後に対戦した有馬は何とか引き分けに持ち込み、道場破りに引き取ってもらったが、有馬道場は道場破りに後れをとり、金を払って引きとってもらったとの噂が立った。

　ちいさな町道場にとって、こうした噂は致命傷だった。門弟がひとり去り、ふたり去りして、半年ほど経つと門弟が半分ほどになった。そうなると稽古にも活気がなくなり、さらに門人が減っていく。

　門弟が数人になると、道場経営はたちゆかなくなり、有馬は道場を閉じざるをえなくなった。それに、数年前に実家の父母も亡くなり、合力を頼むこともできなくなっていた。やむなく、有馬は以前門弟だった旗本や御家人の屋敷を出稽古にまわり、わずかな礼金を得て、何とか食いつないでいたのだ。

そうしたおり、今度は鶴江が労咳にかかった。有馬は鶴江の病を治すためなら、何でもしようと思った。有馬にとって、鶴江だけが生きる支えになっていたのだ。有馬は道場も処分し、労咳に効くという高価な人参《にんじん》も買って鶴江に飲ませた。だが、鶴江の病はいっこうに良くならなかった。

そして、三日前のこと、有馬はいつも診《み》てもらっている町医者の良庵《りょうあん》に、

「だいぶ、体が弱っておりましてな。持って、三月ほどかもしれませんぞ」

と、耳打ちされたのだ。

有馬も、鶴江の命は長くはないだろうとみていた。ただ、有馬は鶴江が生きている間に、できるだけのことをしてやろうと思っていた。

「鶴江、何か食べたい物はあるか」

有馬が枕元に膝を折って訊いた。

「ううん……」

鶴江は子供のような返事をしながら首を横に振った。

「良庵どのはな、うまい物を食べて暖かい所でゆっくり休めば、よくなると言っていたぞ。……やっと、春らしい陽気になってきたし、きっとよくなる」

有馬は、自分に言い聞かせるように語気を強めた。

「わたし、お粥《かゆ》でいいの。それより、父上、もう高価な人参は買わないで……。なんだか、わたしには効かないような気がするの」

鶴江が消え入りそうな声で言った。

有馬は、ここ三月ほど、労咳に効くといわれている人参を煎《せん》じて、一日三回鶴江に温服《おんぷく》させていた。人参は高価で、親指ほどの大きさで一両もした。鶴江は人参が高価なことを知っていて、金の心配をしているのだ。

「金のことなら心配はいらんぞ。あらたに大身《たいしん》の旗本から、倅の剣術の稽古相手になってくれと頼まれてな、支度金として二十両ももらったのだ。それに、月に三度、出稽古に行くことも決まっている。……まァ、行けば、三両ほどはもらえるだろう」

有馬が明るい声で言った。

みんな嘘だった。ここ半年ほど出稽古の話はなく、まったく行っていなかった。

最近、有馬が金を手にしたのは辻斬りによってだった。それに、柳原通りで出会った布袋の惣五郎《そうごろう》という男に依頼され、船村屋のあるじの甚兵衛を斬って、百両もの大金を手にしていたのだ。

有馬は、惣五郎が金ずくで殺しを請け負っている殺し屋であることを承知していた。その殺し人として、有馬は金で雇われたのである。

……金さえ手に入れば、辻斬りでも殺し屋でもかまわない。

と、有馬は思った。

いま、有馬にとって、鶴江の命がすべてであった。鶴江のためだったら、罪人になろうと鬼畜になろうとかまわないと思ったのだ。

「父上、わたしのために無理をしないで……」

鶴江が、訴えるような目を有馬にむけた。

「おれは、無理などしておらん。……そんなことを心配するより、薬をしっかり飲んで、養生《ようじょう》することがなにより大事だぞ」

有馬はそう言って、夜具の端をつかんで、鶴江の肩先を覆うようにかけてやった。

「父上、堪忍《かんにん》して……。親不孝ばっかりで、父上になにもしてやれません」

鶴江はそう言って、目をとじた。

瞼《まぶた》から涙が溢《あふ》れ、白蠟のような頬をつたっていく。それが、行灯の灯を映じて淡い鴇色《ときいろ》にひかり、命の火のように見えた。

第二章　誑《たら》しの玄六《げんろく》

1

隼人は利助と綾次を連れて、日本橋室町の表通りを歩いていた。船村屋で奉公人から事情を聞いてみようと思ったのだ。甚兵衛と峰蔵が殺されて五日経っていたので、葬儀は終わっているはずである。

室町の表通りは賑わっていた。供連れの武士、町娘、商家の御新造《ごしんぞう》らしい女、辻駕《つじか》籠《ご》などが行き交っていた。ちかごろ雨が降らないせいか、靄《もや》のような土埃《つちぼこり》が立っている。

「旦那、あれが船村屋ですぜ」

利助が前方を指差した。

いかにも大店らしい、土蔵造りの二階建ての店舗だった。店の軒下に『呉服、船村屋』の大きな看板が出ていた。

商売をしているらしく、表の大戸はあいていた。ただ、いつもより客はすくないようで、何となく活気がなかった。やはり、あるじと番頭が殺されたことが、影響しているのだろう。

隼人は、利助と綾次に裏手へまわり、女中や下働きの者から話を聞くように指示して、ひとり暖簾をくぐった。

土間の先にひろい売り場があった。四、五人客がいて、手代《てだい》が反物《たんもの》をひろげて見せたり、何か話したりしている。反物や茶を運ぶ丁稚《でっち》の姿もあった。盛っている店のはずだが、活気がなく、呉服屋らしい華やかさも感じられなかった。

隼人が土間に立つと、帳場格子《ちょうばごうし》の向こうにいた年配の番頭らしい男が慌てた様子で立ち上がり、腰をかがめたまま隼人のそばに来た。

「これは、八丁堀の旦那、ごくろうさまでございます」

男は、揉み手をしながら愛想笑いを浮かべた。隼人は八丁堀ふうの格好で来ていたので、すぐにそれと分かったのだろう。

「南町《みなみ》奉行所の長月だが、番頭か？」

「はい、番頭の竹蔵《たけぞう》でございます」

「あるじと番頭が殺された件でな」

「…………」

竹蔵の顔が曇った。

「そうだな、まず、番頭から話を聞かせてもらうか」

隼人は御新造のおふくと嫡男の松太郎から聴取するつもりでいたが、その前に番頭から話を聞いておこうと思ったのだ。

「店先では、なんでございます。どうぞ、お上がりになってくださいまし」

竹蔵は、隼人を帳場の奥の座敷に案内した。

六畳ほどの座敷だったが、山水画のかかった床の間もあった。そこは特別な客との商談の場所らしく、座布団や莨盆《たばこぼん》などが用意してあった。

竹蔵が、茶を淹れさせます、と言って、座敷を出ようとするのを、

「茶はいい。座ってくれ」

と言って、隼人は竹蔵を前に座らせた。

「災難だったな」

隼人がおだやかな声で言った。

「は、はい」

竹蔵が顔を苦悶にゆがめた。隼人にむけられていた愛想笑いは消えている。隼人に声をかけられて、思わず胸の内が顔に出たのであろう。

「商売はつづけるだろうが、だれが店の跡を取るのだ」

隼人が訊いた。これだけの店で跡継ぎ問題がこじれれば、殺意を抱《いだ》く者があらわれても不思議はない。

「若旦那の松太郎さんです」

竹蔵によると、以前から松太郎が跡を継ぐことになっていて、商売を覚えるために他の呉服屋に奉公に出た経験もあるという。

隼人は、竹蔵の話を聞いて、店の跡継ぎにかかわる揉め事ではないらしいと思った。

「ところで、商売はうまくいっていたのか」

「はい、お蔭《かげ》さまで売れ行きも順調でして、さらに商いをひろげようとしていた矢先でございました」

そう言って、竹蔵はまた顔をゆがめた。

「あるじが恨まれていたようなことは？」

「ございません。これだけの商いをしていれば、多少の揉め事はありましたが、それは商人《あきんど》同士のことでございまして……。このような目に遭うなど、夢にも思っておりませんでした」

「そうか」

どうやら、竹蔵も、甚兵衛と峰蔵は辻斬りに殺されたのではないとみているようだ。おそらく、町方が聞き込みに来て、下手人が、甚兵衛であることを確かめてから斬ったことを口にしたのだろう。

「長月さま、いったいだれが、あるじをこのような目に遭わせたのでございましょうか」

竹蔵が身を乗り出すようにして訊いた。隼人にむけられた顔には、憎悪《ぞうお》と疑念の表情があった。

「それをつかむために、こうして、来ているのだ。……甚兵衛に浮いた話は？」

隼人は念のために訊いてみた。

「まったく、ございません」

言下に、はっきりと答えた。

「松太郎はどうだ？　二十歳にもなれば、嫁の話もあるだろう」

「若旦那が奉公先から帰られて、まだ二年でございます。いまは店の商いを覚えるのに一生懸命でして、浮いた話も祝儀の話もまったくありませんでした」

「そうか」

どうやら、甚兵衛も松太郎も、殺意をいだかれるほど強い恨みをもたれている相手はいないようだ。もっとも、竹蔵がそうみているだけで、ふたりが陰でどのようなことをしていたかは、まだ分からない。

「ところで、さきほどこれだけの商いをしていれば、多少の揉め事はあると言ったな」

隼人が声をあらためて訊いた。

「は、はい」

「どんな揉め事だ？」

「それは、商いの上でのことでございまして……」

竹蔵は言いにくそうな顔をした。

「いいから、話してみろ」

「長月さまもご存じのとおり、日本橋には呉服屋がいくつもございます。お互いが競い合って商売をしているのです。……ただ呉服を並べて売るだけでなく、お客さまにご利用していただけるよう、それぞれの店が工夫を凝らしておりますし、値段も多少の差がございます」

竹蔵によると、他店で同じ品物を二両で売っていることが分かれば、すこしだけ安くするし、値段を下げられない品物は同柄の端切《はぎ》れなどを付けて、客に割安感をもたせるという。また、着物の生地や柄も先を見越して、流行《はや》るとみれば、その生地や柄を多く確保するために産地で買い占めなども行う。そうした競争のなかで、当然他店との確執も生ずるのだという。

「ですが、それはうちの店だけではございません。それに、何の商売でも同じでございましょう」

竹蔵がもっともらしい顔をして言い添えた。

「うむ……」

隼人は、竹蔵の言うとおりだと思った。そうした商売上の競争が、すぐに殺しにつながるとは思えなかった。

……だが、何かあるはずだ。

甚兵衛は、辻斬りや追剝《おいは》ぎではなく、何者かに名を確認された上で殺されたのである。それだけの動機があって、殺されたはずなのだ。それが分かれば、下手人も見えてくるはずである。

竹蔵に対する訊問《じんもん》を終えると、おふくと松太郎を呼んでもらった。ふたりとも、かわいそうなほど打ちのめされていた。甚兵衛の死後五日経っていたが、この間まともに眠れなかったらしく、痛々しいほど憔悴《しょうすい》していた。悲痛と疲労困憊《こんぱい》が色濃く顔をおおっている。

　隼人はふたりの姿を見ただけで、甚兵衛の死を心の底から悲しみ、下手人に強い憎しみを抱いていることが分かった。ふたりが裏から手をまわして、甚兵衛の殺害を謀《はか》ったようなことはないとみていいだろう。

　隼人はふたりに甚兵衛と峰蔵が殺されたことについて一通り訊いたが、下手人につながるような話は聞けなかった。

　隼人が船村屋から出ると、店先で利助と綾次が待っていた。

「歩きながら聞こう」

　そう言って、隼人は日本橋の方へ歩きだした。表通りは賑やかで、路傍に足をとめて捕物の話などできなかったのである。

　隼人は日本橋を渡り、楓川《もみじがわ》にかかる海賊橋を渡ったところで、

「それで、何か知れたか」

　と、跟《つ》いてくる利助に訊いた。

「それが、てえしたことは分からねえんで」

　利助によると、台所にいたおまつという女中に甚兵衛と峰蔵のことを訊いたが、殺しにかかわるような話は何も聞けなかったという。

「店の揉め事もなかったのだな」

店に対する私的な恨みは、番頭や家族より店の裏手にいる女中や下働きの者の方が知っていることがあるのだ。

「これといった揉め事はなかったようで……。ただ、黒崎屋《くろさきや》とはだいぶやり合ってたそうですがね」

利助が言った。

「黒崎屋とは？」

「船村屋の斜向《はすむ》かいにある呉服屋でさァ」

利助がおまつから聞いた話によると、船村屋と黒崎屋は同じ規模の店で、数年前から商売敵として競い合っていたという。ときには上客の奪い合いで、番頭や手代が言い争うようなこともあったそうだ。

ところが、ここ二、三年、甚兵衛や奉公人たちが商売に励んだ甲斐《かい》があって、船村屋の商いが伸びているという。店の信用もつき、出入りを許された大身の旗本や大名屋敷などもあるそうだ。一方、黒崎屋の商いは細り、船村屋を妬んで、何かあると因《いん》縁《ねん》をつけてきたり、嫌がらせをするようになったという。

「ですが、旦那、船村屋の女中の言うことだから、まともには取れませんや」

利助が小声で言い添えた。

「うむ……」

隼人は歩きながら、黒崎屋を探ってみるか、と胸の内でつぶやいた。黒崎屋がどこかで事件とかかわっているような気がしたのである。

2

翌日、隼人はひとりで、日本橋本町に足を運んだ。本町は室町の隣町で、表通りは大勢の人出で賑わっていた。その表通りに、松木屋《まつきや》という呉服屋があった。船村屋より小規模の店で、奉公人は十数人だけである。

隼人は松木屋のあるじの喜左衛門《きざえもん》と懇意にしていた。懇意といっても、店に顔を出すことは滅多になかった。松木屋が押し込みに入られたとき、隼人が探索にあたり、盗賊を捕縛していた。それだけの縁である。

隼人が店先の暖簾をくぐると、帳場にいた番頭の房蔵《ふさぞう》が目敏《めざと》く見つけて、すぐに近付いてきた。

「これは、これは、長月さま、お久し振りでございます」

房蔵は揉み手をしながら笑みを浮かべた。房蔵も、隼人のことを知っていたのである。

「あるじはいるかな」

「はい、ともかく、お上がりになってくださいまし」

房蔵は、すぐに隼人を帳場の奥の座敷に連れていった。そこは上客のための商談の部屋だが、だれもいなかった。

隼人が座敷に腰を下ろしていっとき待つと、急ぎ足で廊下を歩く音がし、喜左衛門が顔を見せた。五十がらみ、面長《おもなが》で鼻梁《びりよう》が高く細い目をしていた。長身痩軀《そうく》で、背がすこしまがっている。

「長月さま、よくお出《い》でくださいました」

喜左衛門は目を細めて下座に膝を折った。

「ちと、訊きたいことがあってな」

「何か、ございましたか？」

喜左衛門が隼人に目をむけた。

「船村屋のことを耳にしているか」

「はい、その件のお調べで？」

「まァ、そうだ」

そのとき、廊下を歩く足音がして、障子があいた。女中だった。茶道具を持っている。房蔵が、女中に茶を出すよう指示したのであろう。

隼人と喜左衛門は口をつぐみ、女中が茶を淹れて座敷を去るのを待った。

喜左衛門は膝先の湯飲みを手にし、

「とんだことでした。甚兵衛さんは、商売熱心ないい方でしたのに……」

と、眉宇《びう》を寄せて言った。

「それで、船村屋だが、評判はどうだ」

隼人も湯飲みを手にして訊いた。

「評判はよかったですよ。商いは信用第一とお考えになり、傷物を売ったり、客を見て値をふっかけたり、そうしたことは、一切なさらなかったそうです。てまえどもでも、見習っているんです」

喜左衛門が言った。すこしくだけた物言いになった。隼人に親しみを持っているあらわれかもしれない。

「そうか」

やはり、甚兵衛は恨みを買うような男ではないようだ。

「ところで、黒崎屋の評判はどうだ」

隼人が訊きたかったのは、黒崎屋のことだった。

「あまりよくありません」

喜左衛門は小声で言って、手にした湯飲みの茶をすすった。

「商売の評判がよくないのか」

「それも、ございます」

喜左衛門によると、黒崎屋は客を見て傷物を売り付けたり、相場より高い値で売ったりするそうだ。ただ、そうしたことはごく一部で、それより奉公人の接客態度がよくないのが、評判を落としている原因だろうという。

「あるじの市蔵《いちぞう》さんのせいかもしれませんよ」

「市蔵というのか」

まだ、隼人はあるじの名を知らなかったのだ。

「はい、市蔵さんは道楽者らしく、あまり商売に熱心ではないようです。そのため、奉公人に目がとどかないこともあって、客を見て横柄《おうへい》な物言いをする奉公人が出てくるんでございましょう」

「道楽というと、女か」

隼人が訊いた。

「それに、お酒も好きらしく、柳橋や下谷の料理屋などによく顔を出すそうですよ」

喜左衛門の口元に揶揄《やゆ》するような笑いが浮いたが、すぐに消えた。

「それで、黒崎屋と船村屋だが、商売敵だそうだな」

「それは仕方のないことです。道を隔てた斜向かいに、同じような呉服屋があるのですから」

「ちかごろ、黒崎屋と船村屋との間で何か揉め事はなかったか」

隼人は、商売上のことはともかく、黒崎屋に甚兵衛を殺す動機があったのか知りたかったのだ。

「揉め事が、あったようですよ」

喜左衛門が急に声を落として言った。

「どんなことだ?」

「陸奥国《むつのくに》の多賀藩《たがはん》をご存じでございましょう」

さらに、喜左衛門は声を低くした。

隼人は戸惑った。急に、大名のことなど出てきたからである。

「知っているが……」

多賀藩は十七万石の外様《とざま》大名で、藩主の名は滝沢備前守恭重《たきざわびぜんのかみただしげ》である。隼人が知っているのは、それだけだった。

「多賀藩のお屋敷は、神保町《じんぼうちょう》にございます。そのお屋敷への御出入りを船村屋が許されたそうです。……実は、多賀藩へ御出入りを願い出ていたのは黒崎屋が先だったらしいんですが、後から願い出た船村屋に決まったようです。……それで、市蔵は腹を立て、船村屋にねじ込んだと聞いていますが」

「それだけか」

「てまえが聞いているのは、それだけでございます」

「うむ……」

市蔵が、船村屋を恨んでいるのはまちがいないようだ。だが、それだけのことであるじと番頭殺しを謀《はか》ったとも思えなかった。もっとも、商いが傾いているような状況であれば、甚兵衛殺しも考えるかもしれない。

「ところで、牢人が黒崎屋に出入りしていたというような話は聞いていないか。年寄りの武士だそうだ」

隼人は念のために訊いてみた。

「さァ、そのような話は、聞いた覚えがありませんが」

喜左衛門は首をひねった。

それから、隼人は小半刻（三十分）ほど話して腰を上げた。

「長月さま、また、おいで下さいまし」

喜左衛門は、隼人を店の外まで送って出た。喜左衛門としても、隼人と懇意にしておくことは都合がよかったのだ。町方に厄介《やっかい》になるような事態になったとき、隼人を頼りにすることができるからである。

隼人は紺屋町にまわって利助と綾次に会い、探索の様子を聞いてから八丁堀に帰った。

3

いつものように、隼人が縁先で登太に髷をあたらせていると、おたえが顔を出した。困惑したような顔をしている。

「旦那さま、もう五ツ半（午前九時）になりますよ」

おたえが、やきもきしながら言った。

今朝《けさ》、隼人はいつもより遅く目を覚ました。昨夜、豆菊で八吉や利助と話しながら酒を飲み、しかも酔った勢いもあって、夜遅くなってからおたえを抱いたのだ。

「そろそろ行くか」

隼人は生欠伸《なまあくび》を噛《か》み殺して言った。

隼人がのんびりしているのには、他にもわけがあった。このところ、隼人は甚兵衛と峰蔵殺しの探索にあたっていたので、五ッ（午前八時）の出仕時間までに奉行所に顔を出さなくてもよかったからだ。つまり、組屋敷から直接探索に向かったことにすればいいのである。

「済みました」

登太が、隼人の肩にかかっていた手ぬぐいを取って言った。

そのときだった。戸口の方へ、走り寄る足音がした。だれか来たらしい。つづいて、

「旦那！　長月の旦那」

という声が聞こえた。利助である。かなり慌てているようだ。

「何かあったようだな」

隼人は急いで戸口にむかった。おたえが顔をこわばらせ、小走りについてくる。

土間の先に利助が立っていた。よほど急いで来たと見え、顔に汗が浮き、荒い息をついていた。

「だ、旦那、殺しだ！」

利助が声を上げた。

「慌てるな。殺しであろうと、盗人であろうと、おれの事件《やま》じゃァねえ」

まず、定廻りの者が事件の探索にあたるのである。

「そ、それが、船村屋の件と同じ筋らしいんで。天野の旦那が、すぐに旦那をお呼びしろと言ったんでさァ」

利助が一気にしゃべった。

「なに、同じ筋だと！」

思わず隼人が声を上げた。

「へ、へい」

「分かった」

隼人は、振り返っておたえと顔を合わせると、

「聞いたとおり、大事が出来《しゅったい》した。ただいまから、現場へ参る。おたえ、留守を頼むぞ」

もっともらしい顔をして言った。

「はい、旦那さま、いってらっしゃいまし」

おたえが廊下に膝を折り、隼人を見上げて言った。自分も現場に乗り込むような真剣なまなざしである。

隼人は戸口から飛び出した。利助が先導し、隼人の後に庄助がつづいた。

同心の組屋敷のつづく通りから、日本橋川沿いの通りへ出たところで、

「利助、現場はどこだ」

隼人が訊いた。

「浜町河岸でさァ」

「殺《や》られたのは、だれだ？」

「まだ、名は分からねえが若え町人でさァ」

利助によると、今朝知り合いのぼてふりが豆菊に顔を出し、浜町河岸で人が殺されているとロにしたのを聞いて行ってみたという。綾次もいっしょだったが、現場に残してきたそうだ。

「どうして、船村屋と同じ筋だと分かったのだ」

隼人が足早に歩きながら訊いた。

「天野の旦那が、そう言ったんでさァ」

「そうか」

隼人は、殺された男の右腕に刀傷があったのかもしれないと思った。

隼人たちは、日本橋川にかかる江戸橋を渡り、日本橋の町筋をたどって浜町堀にむ

かった。

「あそこだな」

浜町堀にかかる栄橋のたもと近くの土手際に、人だかりができていた。近所の住人や通りすがりの者らしい。その人垣のなかに、町方同心の姿もあった。天野らしい。天野のそばには、岡っ引きや下っ引きらしい男が数人集まっていた。

「八丁堀の旦那だ。道をあけてくんな」

利助が声をかけると、人垣が左右に割れた。

見ると、天野の足元の叢のなかに男が仰向けに倒れていた。子持縞《こもちじま》の小袖に角帯姿だった。着物の裾がめくれて、太腿《ふともも》のあたりから両足があらわになっている。

「長月さん、見てください」

天野は死体のそばから身を引いた。

「やられたのは腹か」

仰向けになった死体の腹部がどす黒く染まっていた。かなりの出血である。

隼人はすぐに、死体の右腕を見た。

……腕に傷はない。

両腕に血の色はなかった。下手人は、甚兵衛を斬殺した年寄りの武士とはちがうようだ。

「腹の傷を見てください」

天野が後ろから小声で言った。

見ると、臍のあたりから鳩尾にかけて、刃物で抉られたような傷があった。

……峰蔵と同じ傷だ！

となると、この男を殺ったのは、武士といっしょにいた町人体の男ということになりそうだ。それで、天野は船村屋と同じ筋だとみたようだ。

「長月さん、どうみます」

天野が訊いた。

「船村屋と同じ筋だな。年寄りの武士といっしょにいた町人も、ただの鼠《ねずみ》じゃァねえようだ」

隼人の目がひかった。町人は匕首を巧みに遣い、金ずくで殺しを引き受けているのかもしれない。

「殺られたのは昨夜のようだが、だれか見ていた者はいねえかい」

隼人は死体の肌の色や血の固まり具合から、犯行は昨夜とみたのである。

「いやす。連れてきやしょうか」

天野の脇にいた千次《せんじ》という岡っ引きが言った。たしか、浜町堀界隈《かいわい》を縄張りにしているはずだった。歳は二十七、八。色の浅黒い剽悍《ひょうかん》そうな顔をした男である。

「連れてきてくれ」

隼人が言うと、千次はすぐにその場を離れた。

4

千次が連れてきたのは、赤ら顔の四十がらみの男だった。首をすくめ、怯《おび》えたような顔をして、恐る恐る隼人のそばに来た。

「こいつは、半町ほど先にある一膳めし屋の親爺《おやじ》でさァ」

千次が言うと、

「勇蔵《ゆうぞう》といいやす」

と言って、ぺこりと頭を下げた。

「死骸《ほとけ》が殺られるのを見たのか？」

「へ、へい……。四ツ（午後十時）ごろでさァ。酔ってくだをまいている客がいやしてね。……そいつを外へ連れ出して家へ帰《けえ》し、店に入ろうとしたときでさァ」

勇蔵はなにげなく通りの先に目をやったという。すると、栄橋を渡ってくる男の姿が、月明りのなかにぼんやりと見えた。

その男の後を、もうひとりの男が小走りに追ってくる。黒布を盗人かむりにし、黒の半纏に股引姿だった。

「てめえ！　だれだ」

前を行く男が声を上げた。

盗人かむりの男は無言のまま走りだした。その男の姿が、勇蔵の目に獲物に迫る狼《おおかみ》のように映った。

盗人かむりの男の手元が、青白くひかったように見えた次の瞬間、もうひとりの男が絶叫を上げてのけ反った。体を密着させた盗人かむりの男が後ろへ跳ぶと、もうひとりの男はよろめいて倒れた。

「あっしが見たのは、それだけでさァ」

勇蔵が顔をこわばらせて言った。そのときの様子を思い浮かべたのかもしれない。

「そばに、だれかいなかったか」

隼人は、年寄りの武士がいっしょにいたのではないかと思ったのだ。

「いやしたぜ」

勇蔵によると、橋のたもと近くに別の男が立っていたという。そして、ふたりで大川の方へ歩いていったそうだ。

「武士か」

「へい、暗くてはっきりしねえが、二本差しにまちげえねえ」

「年寄りに見えなかったか。すこし、背がまがっていたはずだ」

「年寄りには、見えなかったなァ。……大柄な男で、背筋は伸びていやした」

勇蔵が首をかしげながら言った。

「牢人ふうでは、なかったのか」

朝吉は牢人体だったと話していたのだ。

「れっきとした武士でしたぜ。羽織袴姿だったたし……」

勇蔵が言った。

「うむ……」

甚兵衛を斬った武士とは別人のようだ、と隼人は思った。とすると、大柄な武士も仲間のひとりなのであろうか。

「ところで、この死骸《ほとけ》がだれか分かるか」

隼人が訊くと、勇蔵は首をひねったが、そばにいた天野が、

「長月さん、分かりますよ」

と、小声で言った。

「だれだ?」

「権造《ごんぞう》という男が、知っているようです。直接訊いてみてください」

天野は脇にいた千次に、権造を呼んでくれ、と指示した。

千次が人垣のなかから、色の浅黒い三十がらみの男を連れてきた。弁慶格子《べんけいごうし》の小袖を裾高に尻《しり》っ端折《ぱしょ》りし、手ぬぐいを首に巻いていた。遊び人か地まわりか。いずれにしろ、真っ当な男ではないようだ。

「ヘッヘヘ……。権造でごぜえやす」

権造は腰をかがめ、愛想笑いを浮かべながら隼人の前に立った。

「死骸の名を知っているか」

隼人が訊いた。

「へい、誑《たら》しの玄六《げんろく》でさァ」

権造が上目遣いに隼人を見ながら言った。

「誑しの玄六だと」

思わず、隼人が聞き返した。

「女誑しでしてね。御覧のとおり、なかなかの色男でして……。うぶな娘を誑し込んで銭《ぜに》を巻き上げているけちなやろうでさァ」

権造が口元に嘲笑《ちょうしょう》を浮かべた。

隼人はあらためて仰臥《ぎょうが》している死体の顔に目をむけた。なるほど、顔を恐怖にゆがめていたので気付かなかったが、なかなかの色男である。面長で色白、鼻筋がとおり、すっきりした口元をしている。

「遊び人か」

「大工ですがね。ちかごろは仕事にいかず、ぶらぶら遊んでたようですぜ」

「こいつの塒《ねぐら》を知っているか」

「馬喰町《ばくろちょう》の長屋だと聞いたことがありやすが、行ったことはねえ」

「この男の塒を知っている者はいないか」

「両国《りょうごく》の広小路で、ぶらぶらしているやつをつかまえて訊きゃァ分かりやすぜ」

権造によると、玄六は両国広小路を遊び場にしていたという。

「ところで、権造、玄六を殺ったやつだが、見当がつくかい」

隼人が権造を見すえて訊いた。

「わ、分からねえ。……玄六は女にもてるが、からっきりいくじのねえやろうで、切った張ったのできるやつじゃァねえんで」

権造が戸惑うような顔をした。下手人の見当はつかないらしい。

「行ってもいいぜ」

隼人は権造を解放した。

すると、千次が権造のそばに来て、ふたりで人垣の方へもどりながら何やら話していた。千次は事件のことを何やら訊いているようだった。

隼人は死体のそばに屈み、念のためにふところを探ってみた。巾着が入っていた。なかを見ると、波銭《なみせん》や一朱銀などが入っている。

……下手人の狙いは玄六の命か。

すくなくとも、金品を奪うために殺したのではないようだ。

隼人は天野に玄六のふところに巾着があったことを話し、

「甚兵衛殺しと同じように、殺しが目的のようだな」

と、耳打ちした。

「わたしも、そうみました。とにかく、付近の聞き込みをやってみますよ」

天野がけわしい顔で言った。

「そうしてくれ」

隼人は、利助と綾次を連れてその場を離れた。後は、天野にまかせようと思ったのである。

5

「旦那、どこへ行きやす」

浜町河岸へ出たところで、利助が訊いた。

「両国広小路へ行ってみるか」

まだ、昼までには間がある。両国広小路をぶらぶらしている遊び人をつかまえ、玄六のことを訊いてみるつもりだった。

隼人たちは、浜町河岸をしばらく歩き、汐見橋《しおみばし》のたもとを右手にまがった。道なりにまっすぐ行けば、両国広小路に出るはずだ。

両国広小路は、江戸でも屈指の賑やかな通りだった。芝居小屋や見世物小屋が立ち並び、屋台や大道芸人なども客を集めている。様々な身分の老若男女が行き交い、駕籠、駄馬、荷を積んだ大八車などがひっきりなしに通り、靄のような砂埃につつまれている。まさに、雑踏の坩堝《るつぼ》のような賑わいである。

「これでは、かえって探しづらいな」

隼人は通行人と肩を触れ合いながら歩いた。

「旦那、茶屋でも覗いてみやすか」

利助が言った。

「そうしよう」

水茶屋の親爺にでも訊いた方が早いだろう。

隼人は大川端沿いに並んでいる葦簀《よしず》張《ば》りの水茶屋に入った。町娘らしいふたり連れと、大工らしい若者、それに年配の旦那ふうの男が、長床几《しょうぎ》に腰を下ろして茶を飲んでいた。頰のふっくらした色白の茶汲《ちゃく》み女が、いそがしそうに茶を運んでいる。

隼人は茶釜《ちゃがま》のそばにいた親爺に三人分の茶を頼んでから、

「ところで、親爺、玄六という男を知っているか」

と、小声で訊いた。他の客に聞こえないように気を遣ったのである。

「玄六ねえ……」

親爺が首をひねった。

「誑しの玄六といえば、分かるか」

隼人がそう言うと、ふいに親爺の顔が渋いものになり、

「旦那、知ってやすよ。このあたりじゃァ、鼻っつまみ者《もん》でさァ」

隼人に身を寄せて言った。

「どんな男だ」

「あっしよりも……。そこ」

親爺が右手を指差し、

「見世物小屋の脇に茶屋があるでしょう。そこに、若いやつらが、たむろしてるはずでさァ。そいつらに訊けば、分かりやすよ。玄六の遊び仲間だから」

そう言って、茶釜に目をもどした。

隼人たちは床几に腰を下ろし、茶を飲んで一休みしてから親爺が言っていた水茶屋に行ってみた。

店先から覗くと、葦簀張りの店の奥に遊び人ふうの若い男がふたり、床几に腰を下ろして茶汲み女をからかっていた。他に客はいなかった。でっぷり太った四十がらみの女が茶釜のそばに立っていた。おそらく、この店の女主人にちがいない。

隼人たちは店に入ると、ふたりの若い男に近付いた。

「だ、旦那、何か用ですかい」

丸顔の男が声を震わせて訊いた。顔が蒼ざめ、頬のあたりに鳥肌が立っている。もうひとりの面長で目の細い男も、顔をこわばらせて隼人を見ている。

無理もない。隼人は一目で八丁堀同心と分かる格好で来ていた。そうでなくとも、江戸の町民は町方同心に畏怖《いふ》の念をいだいていたのだ。いきなり、町方同心と岡っ引きと思われる男に、取りかこまれたら震え上がって当然なのである。

「なに、安心しな。おめえたちをしょっ引くわけじゃァねえからな」

隼人がそう言うと、ふたりの顔にいくぶん血の気《け》がもどった。

「玄六を知ってるな」

隼人が訊いた。

「へえ……」

丸顔の男が、溜《た》め息《いき》のような声をもらした。脇にいる男に目をやって、戸惑うような顔をしている。

「誑しの玄六だ。知らねえとは、言わせねえぜ」

隼人が語気を強めて言うと、

「……知っていやす」

と、丸顔の男が答え、もうひとりもうなずいた。

隼人は女主人と茶汲み女に目をやった。ふたりとも、不安そうな目を隼人たちにむけている。

隼人は客が入ってきたらまずいと思い、ふたりを大川端へ連れ出そうと思った。

「店のなかじゃァ、迷惑だろう。いっしょに来い。なに、心配いらねえ。大川端で話を訊くだけだ」

そう言って、隼人はふたりを大川端へ連れていった。利助と綾次が、念のためにふたりの後についてきた。

大川端を歩き、薬研堀《やげんぼり》の近くまで来ると、人の姿もまばらになった。

「おめえの名は」

隼人が足をとめ、丸顔の男に訊いた。

「米吉《よねきち》で……」

丸顔の男が答えると、脇にいたもうひとりが、

「あっしは、八百屋の忠助《ちゅうすけ》でごぜえやす」

と、首をすくめながら小声で言った。

「おめえたち、玄六が殺されたのを知ってるかい」

隼人が訊いた。

「ま、まさか……」

米吉が声をつまらせた。忠助も驚いたように目を剝いている。ふたりとも、まだ知らないようだ。

「それでな、下手人をつきとめようと思ってな。このままじゃァ、玄六も成仏できねえだろうよ」

「い、いってえ、だれが玄六を殺ったんだ」

忠助が声を震わせて言った。

「それを知りてえのよ。おめえたち、下手人に心当たりはねえか」

「ねえ……」

米吉が言うと、忠助もうなずいた。

「玄六を恨んでたやつがいるだろう」

「殺すほど、恨んでたやつはいねえ」

米吉が言うと、

「下駄屋のお初《はつ》が、玄六を憎んでやしたぜ。……あたしを捨てた玄六さんが憎い、いっそのこと殺してやりたい、そう言ってたのを聞きやした」

忠助が口をとがらせて言った。

「馬鹿やろう、捨てられた女はみんなそう言うんだよ。……昨日、見かけたんだが、お初は他の男と歩いてたぜ」

米吉が、口元ににやけた笑いを浮かべて言った。

「ほかに、女のことで揉め事はなかったのか」

本人は遊びのつもりでも、女の方は真剣だろう。ときには、遊びではすまないこともあるはずである。

「そう言えば、お菊《きく》のときはひどかったな」

忠助が顔をしかめた。

「お菊というのは？」

隼人が訊いた。

「相生町《あいおいちょう》にある油問屋の娘でさァ。……玄六に捨てられ、思いあまって大川へ身を投げちまったんでさァ」

「ほう……。くわしく話してみな」

身を投げたとなると、娘の両親《ふたおや》は玄六に強い恨みを抱いたはずである。

「ですが、旦那、去年の春の話ですぜ」

「いいから話せ」

「へい……。玄六が広小路の人混みで転んだお菊を助け起こしてやったのが、始まりのようでさァ。玄六はいつもの誑し言葉で、お菊をものにしたらしいんで」

お菊は油問屋のひとり娘で、大事に育てられたせいか世間擦れがしてなく、玄六の甘言をそのまま信じ込んだらしいという。

半年ほどして、お菊は玄六の子を身籠《みご》もった。そのときになって、お菊は両親に玄六のことを打ち明け、いっしょになりたいと訴えた。ところが、両親は反対した。玄六が素性の知れない遊び人だと分かったからである。しかも、そのころ玄六は他の娘に手を出し、ねんごろになっていたのだ。

一方、玄六は油問屋の婿などつとまらないだろうと思ったようだ。それに、口説《くど》き落としたいまの女を捨てるのは惜しいという気持ちもあったらしい。そこで、お菊から金を取れるだけ取って、別れようと決めたようだ。

玄六はお菊を呼び出し、ふたりでいっしょになるためには、親方に借金を返さなければならないと言って、百両もの大金を持ち出させた。そして、その金を持って新しい女と姿をくらましてしまったのだ。

玄六に捨てられたことを知ったお菊は、身籠もった体で大川に身を投げたそうである。

「こういうことでさァ」

米吉は自分の推測もまじえながら、玄六とお菊のかかわりを一通り話した。

「玄六も罪な男だな」

隼人の顔に嫌悪の色が浮いた。

「あっしらは、女を泣かせたりしやせんぜ」

米吉が言うと、忠助が脇から、そうでさァ、と相槌《あいづち》を打った。

「それで、親からは何も言ってこなかったのか」

両親にすれば、玄六を恨んでも恨みきれないだろう。

「言ってきやした。……ですが、玄六は逃げまわって親の姿を見ないようにしてやしたよ。父親が店の若い奉公人を連れて、玄六の住んでいた長屋に押しかけてきたこともあったらしいが、つかまらなかったようですぜ。玄六は逃げるのもうまかったんでさァ」

「そうか」

両親の玄六に対する恨みは強かったようである。

「ところで、油問屋の屋号は？」

隼人が訊いた。両親からも、話を聞いてみようと思ったのである。

「坂田屋《さかたや》でさァ。……ところで、旦那。玄六はいつ殺られたんです？」

米吉が神妙な顔をして訊いた。

「昨夜だ。浜町河岸でな。……おめえたちも、誑しの玄六がどうなったか、その目で見ておくがいいぜ」

隼人はそう言い置いて、ふたりから離れた。なぜか、ひどく腹が立った。

利助と綾次が慌ててついてきた。

6

翌日、隼人は利助と綾次を連れて本所《ほんじょ》へむかった。相生町の坂田屋で話を聞いてみようと思ったのだ。

相生町の竪川《たてかわ》沿いの通りへ入って、表店《おもてだな》に立ち寄って坂田屋のことを訊くと、二町ほど先だという。

竪川沿いの道を二町ほど歩くと、それらしい土蔵造りの店舗があった。

「旦那、この店ですぜ」

利助が軒下の看板を指差した。見ると、『干鰯《ほしか》、魚油問屋、坂田屋』と記してある。

「店に入る前に、近所で訊いてみよう」

隼人は、両親に事情を訊く前に、坂田屋のことを知っておきたかったのである。

半町ほど離れたところに下駄屋があったので、立ち寄って坂田屋のことを訊いてみた。込み入ったことは訊かなかったので、店先にいた親爺はよどみなく話してくれた。

その結果、あるじの名は六右衛門《ろくえもん》、女房がお栄《えい》、子供は死んだお菊だけである。奉公人は番頭の金蔵《きんぞう》の他に手代が三人、丁稚がふたりいた。

隼人は坂田屋の前にもどると、

「利助、綾次とふたりで、近所で聞き込んでみろ」

と、指示した。三人もで雁首《がんくび》をそろえて、店に乗り込むことはなかったのだ。それに、近所の噂話の方が、役に立つこともある。

「へい」

利助が応え、すぐにふたりは店先から離れた。

隼人は暖簾をくぐって戸口の格子戸をあけた。店に入ると、すぐひろい土間になっていて、その先に板敷の間と帳場があった。土間の隅には、叺《かます》が積んであった。干鰯が入っているのであろうか。乾燥した魚の匂《にお》いがただよっていた。

帳場机で算盤《そろばん》をはじいていた番頭らしい男が、隼人の姿を見て驚いたような顔をした。ふいに、八丁堀同心が店のなかに入ってくれば、驚いて当然である。

「こ、これは、八丁堀の旦那……」

番頭らしい男は慌てて腰を上げ、隼人のそばに来た。

「番頭か」

「はい、番頭の金蔵でございます」

「南町奉行所の長月だ。あるじの六右衛門はいるか」

隼人は店内を見まわして訊いた。金蔵の他に、手代らしい男と丁稚らしい男がいるだけだった。ふたりは、土間の隅に積んである叺の中身を吟味しているらしかった。

ふたりの顔には、不安そうな色があった。

「おりますが、何のご用でございましょうか」

金蔵が、腰をかがめて揉み手をしながら訊いた。

「なに、昨年亡くなった娘さんのことでな、訊いておきたいことがあるのだ」

隼人はおだやかな声で言った。

「少々、お待ちを。すぐに、あるじに訊いてまいります」

金蔵はそう言い残し、慌てた様子で奥へひっ込んだ。

いっときすると、金蔵が出てきた。ひとりである。

「長月さま、お上がりになってくださいまし。……店先では客が来て話しづらいと、あるじがもうしております」

金蔵が肩をすぼめて言った。

「承知した」

隼人はすぐに板敷の間に上がった。

金蔵が案内したのは、帳場の脇の小座敷だった。そこは、客との商談の場のようだった。座布団に莨盆、それに文箱《ふばこ》や算盤も置いてあった。

「こんな座敷しか、ございませんもので」

金蔵が恐縮して言った。

「なに、これでじゅうぶんだ」

隼人は、敷いてあった座布団に腰を下ろした。

金蔵が出て行くのと入れ替わるように、五十がらみと思われる痩身の男が姿を見せた。頬がこけ、顎がとがっていた。首が細く、喉仏がやけに目立つ。黒羽織に格子縞の小袖姿だった。

「あるじの六右衛門でございます」

そう言って、六右衛門は低頭した。かすかに肩先が震えている。隼人を前にして緊張しているようだ。

「長月だ。……さっそくだが、お菊のことで訊きたいことがあってな」

隼人は六右衛門の顔に目をむけて切り出した。

「は、はい」

六右衛門の目が揺れていた。不安と戸惑いがあるようだ。隼人が、何のためにお菊のことを訊きにきたのか、分からないからであろう。

「親として、思い出すのは辛《つら》いだろうが、お菊は大川に身を投げたそうだな」

「……きょ、去年の、いまごろでした」

六右衛門の声が震えた。胸に衝《つ》き上げてきた感情を抑えているようだ。

「玄六という男にもてあそばれ、悲観したせいだと聞いたが……」

「そのとおりです」

「その玄六は、殺されたぜ」

隼人は六右衛門の顔を見つめた。どう、反応するか、見たかったのである。

「ま、まことでございますか！」

六右衛門は驚いたような顔をし、声を震わせて言った。だが、声に力がなかった。

それに、視線が落ち着きなく揺れている。

……知ってたのかもしれねえ。

と、隼人は思った。

ただ、顔の表情だけでは、はっきりしたことは分からなかった。たとえ、知っていたとしても、奉公人や客から耳にした可能性もある。

「おめえさん、玄六を殺した下手人に心当たりはねえかい」

隼人が訊いた。

「ご、ございません。それに、あんな男のことなど、思い出したくもありません。あの男がどうなろうと、お菊はもどってこないんです」

六右衛門が激しい口調で言った。まるで、かぶっていた面を取ったように、顔に強い憤怒《ふんぬ》の色をあらわした。顔を赭黒く染め、目をつり上げ、唇を震わせている。

「だいぶ、玄六を恨んでるようだな」

さらに、隼人が水をむけた。

「そりゃァ恨んでますよ。大事なひとり娘をおもちゃにされた揚げ句、おなかの子といっしょに殺されたんですからね。わたしは、娘もおなかの子もあいつに殺されたと思ってるんですよ」

六右衛門はさらに激しい口吻《こうふん》で言いつのった。

「親なら、そう思うだろうな」

「あたしは、玄六が殺されたと聞いて、いいざまだ、と思ってるんです」

そう言うと、六右衛門は口をつぐんで視線を落とした。膝の上で拳《こぶし》を握りしめて、身を顫《ふる》わせている。そうやって、胸から衝き上げてくる激情に耐えているらしい。

隼人は黙したまま、六右衛門の激情が収まるのを待った。

いっときして、六右衛門の表情がいくぶんやわらぐのを見てから、

「おめえさんの他にも、玄六を恨んでいる者がいるはずだが、だれか知ってるかい」

と、隼人が訊いた。

「あの男に騙《だま》された娘は何人もいると聞いてますから、他にもいると思いますよ。でも、わたしは、名前までは知りません。……長月さま、そのことでしたら、御用聞きの千次さんに訊いてみたらどうでしょうか」

「千次が、知っているのか」

玄六が殺されていた浜町河岸の現場に来ていた岡っ引きである。

「昨日、千次さんが店に来て、いろいろ訊いていかれましたよ。……玄六のことも、知っているような口振りでしたから」

そう言って、六右衛門は視線を膝先に落とした。六右衛門は、わたしに訊くより、千次に訊く方が早いと言っているのである。

「ならば、千次に訊いてみよう」

そう言ったが、隼人はすぐに腰を上げなかった。下手人と思われる遊び人ふうの男、年寄りの武士、恰幅のいい武士などについて、それとなく訊いてみた。

六右衛門は首を横に振るばかりだった。無理もない。遊び人ふうの男や年寄りの武士といっても、雲をつかむような話なのだ。

……まだ、駒《こま》不足か。

すこし調べなければ、どうにもならない、と隼人は思った。

「邪魔《じゃま》したな」

隼人は腰を上げた。

座敷を出ようとすると、六右衛門は隼人に身を寄せ、ほんの気持ちでございます、と言って、紙捻《かみひね》りを隼人のたもとに落とそうとした。一分銀なら、紙捻りの膨《ふく》らみ具合からみて、二、三両はありそうだった。

隼人は六右衛門の手を押さえて、

「お菊の供養のたしにでもしてくんな」

そう小声で言って、六右衛門に背をむけた。六右衛門から袖の下をもらうわけにはいかなかったのである。

7

「鶴江、今日、いい物を見つけてな」

そう言って、有馬は鶴江の枕元に膝を折った。

「何かしら」

鶴江は、有馬の方に顔をむけて訊いた。口元に笑みが浮き、白蠟のような肌にかすかに朱が差した。

「これだよ」

有馬は、ふところから櫛を取り出した。

月と鶴の模様の蒔絵櫛《まきえぐし》である。見事な物だった。高価で、十二両もしたのだ。有馬は日本橋の表通りに店を出している小間物屋《こまもの》で見つけたのだ。

鶴江は夜具の脇から細い手を出して櫛を手にした。

「まァ、きれい！」

鶴江が声を上げた。櫛を見つめた目が生き生きとして、顔に娘のようなかがやきがもどったように見えた。

「鶴江に、似合うぞ」

有馬も嬉しそうに目を細めた。

だが、すぐに鶴江の櫛を持った指先が震え出し、顔のかがやきがしぼむように消え、暗い翳《かげ》がおおってきた。

「……高かったんでしょう」

鶴江はつぶやくような声で言い、手にした櫛を夜具の上に置いてしまった。

「たいしたことはない。……旗本屋敷に出稽古に行ってな。その礼金で、買ったのだ。鶴の絵を見てな、これは鶴江のために作られたのかもしれん、そんな気がしたものでな」

有馬は鶴江に何か買ってやろうと思い、小間物屋を覗いてみたのだ。そのとき、鶴の蒔絵櫛を目にし、鶴江に似合うだろうと思った。

だが、出稽古で礼金をもらったというのは嘘だった。甚兵衛を斬って、布袋の惣五郎からもらった百両の金が、残っていたのである。有馬は鶴江のために使うなら、すこしも惜しいとは思わなかった。

「でも、あたし、もう……」

そう言うと、鶴江は目をとじた。櫛はさせない、と言おうとしたようだ。

そのとき、鶴江のまぶたから涙があふれ、痩せた頬に細い筋をひいて流れた。血の気のない唇が何かに怯えているように震えている。

「させるさ。人参を飲んでいるし、これから暖かくなる。……きっと、よくなるはずだ。この櫛に合うような着物も買ってやるつもりなのだ。これまで、貧乏暮らしで、おまえにも苦労をかけたからな」

有馬は訴えるように語気を強くした。

だが、有馬は鶴江の病状が確実に進行していることを知っていた。良庵が言っていたように、持って、三月ほどだろう、と認めざるを得なかった。

鶴江は一昨日も喀血した。しかも、この痩せた体にこれほどの血が残っているのか、と思わせるほどの大量の血だった。鶴江の体も確実に弱っていた。ちかごろは、身を起こすのさえ辛そうだった。厠へも、有馬が体を支えてやらなければ行けない状態になっていた。そのため、有馬は長時間家をあけることもできなかったのである。

「父上……」

鶴江が有馬に目をむけて言った。顔に、笑みが浮いている。

「なんだ?」

「わたし、櫛を挿してみたい。父上、挿してみて」

鶴江が甘えるような声で言った。

「おお、そうだったな」

有馬は鶴江が手にしていた櫛を取ると、長く伸びた鶴江の髪をとかし、

「このあたりでよかったかな」

と言って、額の生え際から二寸ほど頭頂よりに櫛を挿してやった。

「似合う?」

鶴江が訊いた。

「似合うとも、似合うとも……」

そう言ったとき、ふいに有馬の胸から強い感情が衝き上げてきた。その感情を抑えきれず、有馬の目から涙がこぼれて頬をつたった。さすがに、有馬は嗚咽《おえつ》を洩《も》らしはしなかったが、唇がかすかに震えた。

嗚咽を洩らしたのは、鶴江だった。目と唇をとじ、くぐもった声ですすり泣いていた。涙が頬をつたい、枕を濡らしている。

有馬は何も言わなかった。涙をこらえて、鶴江の痩せ衰えた顔や首筋を凝と見つめている。

そのとき、戸口の腰高障子に近寄る足音がした。だれか来たようである。有馬は腰を浮かせた。

「旦那、有馬の旦那」

腰高障子の向こうで、低い声がした。

藤次郎《とうじろう》だった。布袋の惣五郎の子分で、有馬とのつなぎ役でもある。匕首を遣うのが巧みで、相手が町人のときは殺しもやる。

「長屋の者かな。たいした用ではないだろう」

そう言い置いて、有馬は立ち上がった。人殺しをして金を得ていることは、鶴江に知られたくなかったのだ。

有馬は戸口から出ると、すぐに後ろ手に障子をしめ、

「向こうで話そう」

と言って、藤次郎を長屋の敷地の端にある稲荷《いなり》の前に連れていった。ここなら、長屋の住人に見咎《みとが》められることもないだろう。

「旦那、また、ひとり殺って欲しいそうで」

藤次郎が低い声で言った。

三十がらみ。色が浅黒く、眼光の鋭い剽悍そうな男である。

「惣五郎からだな」

「へい」

「承知した」

有馬が虚空を見つめて言った。

有馬の顔から鶴江の前で見せた感情の色は消えていた。老いもまったく感じさせな

かった。顔がひきしまり、双眸が切っ先のようにひかっている。剣客というより、剣鬼といっていいほどの凄みがある。

第三章　岡っ引き殺し

1

「旦那！　旦那」

戸口で声がした。小者の庄助だった。

「おい、まだ、朝めしを食ったばかりだぞ」

居間にいた隼人は両腕を突き上げて伸びをした。

六ッ半（午前七時）前だろう。まだ、髪結いの登太も来ていない。

庄助は南茅場町《みなみかやばちょう》の長屋に住んでいて、毎朝、隼人が出仕する五ッ（午前八時）すこし前に組屋敷に顔を出すのだ。

そのとき、廊下を足早に歩く音がし、おたえの、

「どうしました?」

という昂《たかぶ》った声が聞こえた。庄助の声を耳にして、様子を訊きにいったらしい。

「千次が殺られたと、旦那に伝えてくだせえ」

と、庄助が言った。

庄助の声を聞き、隼人は急いで戸口へ出た。

庄助がこわばった顔をし、戸口で足踏みしていた。

「千次が殺られただと」

思わず、隼人が訊いた。

一昨日、相生町の坂田屋へ行き、あるじの六右衛門から千次のことを聞いたばかりだった。今日にも、千次と会って事情を訊いてみようと思っていた矢先である。

「へい、小網町《こあみちょう》の川縁《かわつぷち》で」

川縁というのは、日本橋川の岸辺ということだろう。

「分かった。すぐ、行く」

何者が千次を殺したのか。ともかく、現場に行ってみなければならない。

「旦那さま、お髪《ぐし》は？」

おたえが戸惑うような顔をした。登太が来たら、どうするのか訊いたのであろう。

「大事が出来した。登太に、事情を話して帰せ」

「は、はい」

「おたえ、刀を」

「はい」

　おたえが、くるりときびすを返して、足早に奥へむかった。

　隼人はおたえの背に目をやって、同心の妻らしくなったではないか、と胸の内でつぶやき、庄助に目をもどした。

「天野にも伝えたのか」

「大番屋にいた与之助が走りやした」

与之助は天野に仕えている小者である。大番屋は、南茅場町にあった。庄助の住む長屋からも近い。

庄助によると、知り合いの船頭が庄助の家に駆け込んできて、千次が殺されていることを知らせたという。

庄助の住む長屋は南茅場町にあり、近くに日本橋川の鎧《よろい》ノ渡《わた》しがある。そのため、知り合いの船頭が何人もいたのである。千次が殺されていた小網町は南茅場町から見て、日本橋川の対岸にひろがる町なので、船頭にはすぐ伝わったにちがいない。

「旦那さま、これを」

おたえがひざまずいて、兼定《かねさだ》を差し出した。

兼定は関物《せきもの》と呼ばれる切れ味の鋭い業物《わざもの》を鍛えたことで知られる名匠である。刀身は二尺三寸七分。身幅のひろい剛刀だった。隼人は兼定を差して歩く事が多かった。兼定は、父、藤之助《とうのすけ》の遺刀でもある。

「おたえ、留守を頼むぞ」

隼人が兼定を腰に帯びながら言った。

「はい」

おたえが、眦《まなじり》を決するような顔をして返事した。

隼人は庄助につづいて組屋敷を出た。八丁堀の組屋敷の通りは、まだ人影がなかった。組屋敷に住むのは、ほとんど南北の町奉行所の同心である。まだ、出仕には早いので屋敷内にいるはずである。

「だ、旦那、天野の旦那だ！」

庄助が声を上げた。

見ると、天野が与之助をしたがえ、前方の路地から表通りへ出てきたところだった。慌てた様子で、南茅場町の方へ向かっていく。

隼人は走った。天野に追いつこうと思ったのである。

天野は隼人たちの足音を耳にしたらしく、後ろを振り返った。そして、歩調をゆるめ、隼人たちが近付くのを待った。

「長月さん、千次が……」

「殺られたそうだな」

隼人は天野と肩を並べながら言った。

「何者かに、斬られたようです」

「とにかく、死骸《ほとけ》を拝んでからだな」

隼人の脳裏に、甚兵衛たちを斬殺した下手人たちのことがよぎったが、死体を見なければ何とも言えない。

隼人たち四人は日本橋川沿いの道を歩き、鎧ノ渡しの桟橋へ下りた。舟で小網町に渡った方が、迂回《うかい》して江戸橋を渡って対岸へ行くよりはるかに早いのだ。

桟橋に知り合いの船頭がいたので、御用であることを話して舟を出させた。

小網町へ着くと、

「松村屋《まつむらや》の前と聞いてやす」

庄助が言って、川下の方を指差した。

松村屋は日本橋川沿いにある料理屋だった。隼人も、何度か行ったことがある。大きな店ではないが、老舗《しにせ》である。

日本橋川沿いの通りは、人通りがあった。朝の早いぼてふりや出職《でしょく》の職人、それに魚河岸と米河岸が近いせいもあって、印半纏姿の船頭の姿も目立った。

「あそこだ」

　庄助が声を上げた。

　見ると、川岸の柳の樹陰に人だかりがしていた。通りすがりの者や近所の住人が多いようだが、岡っ引きや下っ引きの姿も目についた。仲間の千次が殺られたと聞いて駆け付けたにちがいない。

　隼人たちが近付くと、八丁堀の旦那だ！　という声が上がり、人垣が左右に割れた。見ると、岸際のなだらかな斜面の叢に男が俯せに倒れていた。付近の雑草に、黒ずんだ血が飛び散っている。

　隼人は倒れている男のそばに屈むと、すぐに横顔を覗いてみた。

「千次だぜ」

　まちがいなく千次だった。

　千次は両腕を前に伸ばして、死んでいた。右手に十手《じって》を握っていた。その右手の前腕に傷があり、赭黒い血に染まっていた。下手人は、まず十手を持っている千次の右手を斬ったのだ。

　……やつだ！

隼人は胸の内で声を上げた。

千次を斬殺したのは、甚兵衛を斬った老剣客にまちがいない。

「長月さん、同じ手のようです」

天野が言った。顔がこわばっている。天野も、すぐに甚兵衛殺しの下手人とつなげたようだ。

2

「死骸《ほとけ》を仰向けにしてみろ」

隼人が近くに集まっていた岡っ引きたちに声をかけた。

すぐに、ふたりの岡っ引きが、千次の肩先と腰のあたりを持って仰向けにした。

千次は肩口から胸にかけて、ザックリと斬られていた。ひらいた傷口から截断《せつだん》された鎖骨が白く覗いている。格子縞の小袖がどっぷりと血を吸い、赭黒く染まっていた。

千次は苦悶に顔をゆがめたまま死んでいた。

……籠手から袈裟《けさ》か。

隼人は、下手人が初太刀で千次の籠手を斬り、二の太刀で袈裟に斬り込んだとみた。

おそらく、籠手から袈裟への連続技であろう。

「長月さん、巾着はありますよ」

天野が裂けた着物の間からふところを覗いて言った。

「下手人は、千次の金を狙ったのではないということだな」

もっとも、金が目当てなら千次など襲わないだろう。金を持っていそうな商家の旦那ふうの男を狙うはずだ。

「千次が、岡っ引きであると知っての上で狙ったんでしょうか」

天野が訊いた。

「そうみていいかもしれんな」

千次は十手を取り出して相手に見せたはずだ。下手人は、すぐに岡っ引きと分かっただろう。それでも、斬ったのだから、千次が岡っ引きであることを知っていて襲ったとみていいのではないか。

「なぜ、千次を狙ったのでしょう」

「まだ、何ともいえんが、千次は下手人を嗅《か》ぎつけたのかもしれんな」

「それを知った下手人が、千次の口を封じたわけですか」

「はっきりしたことは、分からんがな」

千次が追っていたのは、玄六殺しだった。坂田屋の六右衛門をはじめとして、玄六に恨みを抱く者を探っていたらしいのだ。隼人が、そのことを千次から訊こうとしていた矢先に始末されたのだ。

隼人は千次が使っていた下っ引きから訊けば、様子が分かるかもしれないと思った。

「千次の手先はいねえか」

隼人は集まっている男たちに視線をまわして言った。

「あっしで」

横たわっている千次の足元近くに屈み込んでいた男が立ち上がった。

まだ、二十四、五歳と思われる痩せた男だった。丸顔で目が大きく、小鼻が張っていた。その顔が、悲痛にゆがんでいる。

「なんてえ、名だい？」

隼人は顔は何度か見ていたが、名は知らなかった。

「昌次郎《まさじろう》で……」

男は首をすくめながら小声で言った。

「千次を斬った下手人に心当たりはあるか」

隼人が訊いた。

「あ、ありやせん」

昌次郎が震えを帯びた声で言った。

「ちかごろ、千次が尾《つ》けられたり、うろんな男を見かけたりしたことは？」

「それが、ねえんで……」

昌次郎は困惑したような顔をして首をひねった。

「昨夜、千次はどこへ出かけたんだい」

行きか帰りか分からないが、千次はここを通ったはずである。

「昨日、親分はあっしといっしょに相生町へ行きやした」

「坂田屋か」

「へい、坂田屋の近所をまわって聞き込んだ後、暮れ六ツ（午後六時）ちかくに帰ってきやした」

昌次郎によると、浜町河岸まで来たとき、千次が足をとめ、おめえは、先に帰《けえ》れ、と言って、ひとりで小網町へ出かけたという。

「千次は、小網町に何しに来たのだ」

「料理屋でさァ」

「料理屋だと。千次はひとりで飲みに来たのか」

岡っ引きが、料理屋にひとりで飲みに来るとは思えなかった。

「そうじゃァねえんで。……相生町で聞き込んでいるとき、ちかごろ六右衛門が料理屋に出かけるようになったと耳にしたんでさァ。それで、親分は気になったらしく、坂田屋の奉公人にもあたって聞き込むと、六右衛門の行き先は小網町の料理屋らしいということまで、分かったんでさァ。それで、親分は、その料理屋をつきとめるためにここに来たらしいんで。………千次親分は思い込むと、はっきりするまでやらねえと気がすまねえ質《たち》なんでさァ」

昌次郎は、顔をゆがめて泣き出しそうな顔をした。

「料理屋な……」

千次の勘にひっかかるものがあったにちがいない。

「あっしもいっしょに来れば、こんなことにはならなかったかもしれねえ」

そう言って、昌次郎はうなだれた。

「いっしょに来れば、おめえも殺られてただろうよ。……昌次郎、千次はどうして料理屋を探ろうとしたのだ」

隼人は、昌次郎にも何か話しているような気がした。

「へえ、親分は船村屋の件で聞き込んでいるとき、小網町の料理屋のことを耳にしたらしいんでさァ」

「船村屋も洗っていたのか?」

「いえ、洗っていたのは商売敵の黒崎屋でさァ」

「黒崎屋か」

いい読みをしている、と隼人は思った。黒崎屋に、船村屋のあるじの甚兵衛を殺す動機があると踏んだのであろう。

「黒崎屋のあるじの市蔵が、小網町の料理屋に出かけたことがあると耳にして、気になったようでさァ」

「そういうことか」

千次は、市蔵と六右衛門が小網町の料理屋に来たことがあると知り、同じ料理屋ではないかと思ったのだろう。そして、その料理屋が殺しにかかわりがあると踏んで、探ってみる気になったにちがいない。

……千次の読みは、的中していたようだ。

だからこそ、千次は殺されたのだ。下手人は己の身辺に探索の手が伸びてきたことを知り、千次を消したのであろう。とすれば、市蔵と六右衛門が来た料理屋をつきとめれば、下手人の正体が知れるのではないか。

隼人が虚空に視線をとめて黙考していると、人垣の方で、

「長月の旦那ァ！」

と、声が聞こえた。

見ると、利助と綾次が慌てた様子で駆け寄ってくる。

3

利助は隼人のそばに駆け寄ると、

「遅くなっちまいやした」

と、荒い息を吐きながら言った。綾次は肩で息をしながら頭を何度も下げている。

「おめえたちのところからは、遠いんだ。遅くなって、あたりめえだよ」

そう言って、隼人は死体に目をむけ、

「死骸《ほとけ》は千次だ」

と、小声で言い添えた。

「せ、千次親分が、こんな姿に……」

利助は顔をゆがめた。

「殺ったのは、おれたちが追っている下手人だろう。……何とか捕らえねえと、千次も浮かばれねえぜ」

「へ、へい」

利助と綾次が、けわしい顔をしてうなずいた。

隼人は、天野が岡っ引きたちを集めて、付近の聞き込みを指示しているのを横目で見ながら通りへもどった。利助と綾次が跟《つ》いてきた。

「旦那、あっしらも聞き込みにまわりやすか」

利助が意気込んで訊いた。

「いや、おれたちは料理屋だ」

「料理屋って、まさか」

利助が驚いたような顔をした。隼人が、一杯やろうとでも言い出すのではないかと思ったようだ。

「こんな時に、飲んでいられるか。千次が化けて出るぞ」

隼人は苦笑いを浮かべた。

「料理屋を探るんですかい」

「そうだ」

隼人は、昌次郎から聞いたことをかいつまんで話し、市蔵と六右衛門が来た小網町の料理屋をつきとめたい、と言い添えた。

「旦那、やりやしょう。千次親分のためにも、下手人をお縄にしねぇとな」

利助が語気を強めて言った。

「よし、手分けしよう」

「へい」

「おれは荒布橋《あらめばし》あたりからあたる。おめえたちふたりは、行徳《ぎようとく》河岸から川上にむかって聞き込んでくれ」

小網町は日本橋川沿いに一丁目から三丁目まであり、日本橋川の入堀にかかる荒布橋のたもとから行徳河岸までつづいている。

「分かりやした。綾次、行くぜ」

利助と綾次が、川下にむかって走りだした。

隼人は、まず斜向かいにある松村屋に立ち寄って訊いてみた。応対に出た女将《おかみ》に、昨夜、千次が来たかどうか訊いた。女将は、姿も見かけなかった、と答えた。つづいて、黒崎屋の市蔵と坂田屋の六右衛門のことを訊いたが、女将によると、店の名は知っていたが来店したことはないとのことだった。

松村屋を出た隼人は、ひとりで川上にむかった。荒布橋のたもとへ着くと、川沿いの表店に目をやりながら料理屋を探した。料理屋があるとすれば、川沿いだろうと踏んだのである。

通り沿いには、表店が並んでいたが、料理屋はそれほど多くなかった。むしろ、船頭や人足相手の一膳めし屋やそば屋などの方が目についた。まず、通りからすこしひっ込んだ場所にあった料理屋で訊いてみたが、松村屋の女将と同様、千次のことも市蔵と六右衛門のことも知らなかった。

さらに、隼人は二店に立ち寄ったが、何の収穫もなかった。鎧ノ渡しを過ぎて一町ほど歩くと、通りの先に利助と綾次の姿が見えた。

「そばでも食いながら、話すか」

隼人が言った。

すでに、八ツ（午後二時）ちかかった。朝から歩きまわったせいもあり、隼人は疲れていた。それに、腹もへっている。

「そいつはいいや」

利助が声を上げ、綾次も嬉しそうに顔をくずした。ふたりとも、腹がへっていたようだ。

隼人たちは、通り沿いに小体なそば屋を目にして入った。土間の先の追い込みの座敷に、船頭らしい男がふたり、そばをたぐっていた。客はふたりだけである。

隼人たちは、座敷の隅に座し、注文を訊きにきた小女《こおんな》にそばと酒を頼んだ。喉も渇いていたのである。

とどいた酒で、喉を潤した後、

「おれの方は無駄骨だったが、おめえたちは何か知れたかい」

隼人が切り出した。

「それが、あっしらもてえしたことは……」

利助がそばをたぐる手をとめて言った。

「やっぱり、六右衛門と市蔵が来た店はなかったのか」

「いえ、六右衛門が来た店はありやした」

利助が言った。

「ほう……。なんてえ店だ」

「安田屋《やすだや》でさァ」

利助によると、安田屋は小網町三丁目にある老舗だという。裏手にまわって、背戸から出てきた助七《すけしち》という下働きの老爺《ろうや》に訊くと、坂田屋の六右衛門のことを女中が話しているのを聞いたことがあると答えたという。

「市蔵はどうなのだ？」

「知らねえと言ってやした」

そう言って、利助はまたそばをたぐり始めた。綾次は、すでにそばを食べ終えている。

「それだけか」

「へい」

利助が箸をとめ、隼人に目をやって言った。

……もうすこし、探ってみるか。

と、隼人は思った。下働きの者に訊いただけでは、分からないだろう。ふだん客と接している女中や女将にも訊いてみる必要がありそうだ。

そば屋を出た隼人たちは、川沿いの道を川下にむかって歩いた。安田屋で聞き込んでみようと思ったのである。

「あの店でさァ」

利助が路傍に足をとめて言った。

それほど大きな店ではなかったが、二階建てだった。老舗らしい。だいぶ古い建物である。戸口は格子戸で、店先に暖簾が出ていた。

そのとき、その格子戸があいて、男がひとり足早に通りに出てきた。中背で小太りである。男が通りの左右に顔をむけたとき、隼人たちを目にとめたようだった。遠方で、表情ははっきりしなかったが、戸惑うような素振りが見えた。だが、それはほんの一瞬で、男はすぐに川下の行徳河岸の方へむかって歩きだした。

……奉公人のようには見えねえな。

男は棒縞《ぼうじま》の小袖を尻っ端折りし、両脛《すね》をあらわにしていた。一見して、遊び人か地まわりといった感じの男である。

「利助、店に入って訊くのは早《はえ》えな」

隼人は、近所で安田屋のことを聞き込むのが先だと思った。

4

ふたたび、利助たちと別れた隼人は、安田屋から半町ほど離れたところに店を構えていた酒屋に立ち寄った。店でも酒を飲ませるらしく、床几に腰を下ろして枡酒《ますざけ》を飲んでいる男がふたりいた。

隼人が店に入ると、ふたりの男は驚いたように枡を手にしたまま、隼人に目をむけた。顔に不安そうな色がある。隼人は八丁堀同心と分かる格好で来ていたので、何事かと思ったのだろう。

五十がらみの赤ら顔の親爺が、慌てた様子で出てきた。

「これは、これは、八丁堀の旦那」

親爺は愛想笑いを浮かべたが、その顔がこわばっていた。

「親爺、名は？」

隼人が聞いた。

「辰吉《たつきち》で……」

「つかぬことを聞くが、この先の安田屋を知っているな」

これだけ近ければ、当然知っているはずである。

「へ、へい」

「安田屋のあるじの名は？」

「惣五郎さんで」

「老舗のようだが、店は古いのか」

隼人は、惣五郎の名に覚えはなかった。これまでの聞き込みでも、惣五郎の名は出てこなかったのだ。

「安田屋は古いが、惣五郎さんがあるじに収まって、まだ三年目でさァ」

「三年目だと。どういうことだ」

安田夜は老舗に見えた。二年前に、あるじが代わったのであろうか。

「前のあるじは文蔵《ぶんぞう》さんと言いやしてね。……ちと、道楽が過ぎて借金で首がまわらなくなったんでさァ」

辰吉によると、惣五郎が安田屋を居抜きで買い取り、そのまま商売をつづけているという。

「それまで働いていた包丁人や女中は、どうしたのだ」

「包丁人は、そのまま店に残ったようですよ。女中や若い衆《し》は、いまの旦那になってから雇ったようでさァ」

「ところで、黒崎屋の市蔵と坂田屋の六右衛門を知っているか」

隼人は別のことを訊いた。

「へい、千次ってえ親分さんが、ふたりのことで訊きに来やしたんで、そのときふたりのことを耳にしやした」

そう言って、親爺が上目遣いに隼人を見た。

「なに、千次が聞き込みにきたのか」

「へい」

「それで、千次は何を訊いた？」

　どうやら、千次も安田屋に目をつけて、付近で聞き込んだらしい。

「いま、旦那が口にされた市蔵さんと六右衛門さんが、安田屋に来なかったか訊かれやした」

「それで？」

　六右衛門が安田屋に来たことは分かっていたので、市蔵のことが知りたかった。

「半月ほど前《めえ》に、市蔵さんが、安田屋から出てくるところを見かけたことがありやすよ」

　辰吉によると、市蔵の顔は知っているが、六右衛門は知らないので姿を見かけても分からないという。

「ところで、惣五郎だが、どんな男だ？」

　隼人は声をあらためて訊いた。

「あまり、評判はよくないようでさァ」

　辰吉が顔をしかめて、小声で言った。

「あくどい商売でもしているのか」

「そうじゃァねえが……。安田屋に入る前は、深川《ふかがわ》の方で賭場《とば》をひらいていたってえ噂があるんでさァ」

辰吉が、さらに声をひそめて言った。八丁堀同心を前にして、賭場の話はしにくいのであろう。

「賭場をな……」

どうやら、真っ当な男ではないようだ。

「それで、あっしらは、あまり近付かねえようにしてるんでさァ」

「ところで、辰吉、安田屋にうろんな牢人や武士は出入りしていないか」

隼人が訊いた。

「さァ、見たことはねえが……」

辰吉は首をひねった。

それから、隼人は辰吉に、安田屋の様子や惣五郎の身内などを訊いた。辰吉によると、安田屋は、商家の旦那、職人、大工の棟梁《とうりよう》などが客筋だが、あまり繁盛してないそうだ。惣五郎に家族はいないが、年増の女将が店の切り盛りをしているという。女将の名はおせつ、惣五郎の情婦《いろ》という噂があるそうだ。

「手間を取らせたな」

隼人は辰吉に礼を言って、店を出た。

それから、隼人は陽《ひ》が西の家並の向こうに沈みかけるころまで聞き込んだが、辰吉

から聞いたこととほとんど同じだった。

川沿いの道を日本橋方面に歩きかけたとき、後ろから走り寄る足音がした。振り返ると、利助と綾次である。

「どうだ、何か知れたか」

隼人が歩きながらふたりに訊いた。

「市蔵も安田屋に来たことがあるようですぜ」

利助が言った。

「そのようだな」

隼人も、そのことはつかんでいた。

利助によると、ふたりは安田屋から一町ほど離れた路地に辻駕籠屋があるのを目にして足を運び、親爺から訊いたという。親爺は市蔵と六右衛門を安田屋から乗せたことがあると話したそうだ。

「辻駕籠屋とは、いいところに目をつけたぜ」

隼人が感心したように言った。

「たまたま目にしただけでさァ」

利助が照れたように言った。

「いずれにしろ、これで安田屋に、市蔵と六右衛門が姿を見せたことははっきりしたわけだな」

隼人は安田屋を洗ってみようと思った。甚兵衛や千次殺しと何かかかわりがあるはずである。

「明日からだ」

隼人が利助と綾次に言った。

陽が家並の向こうに沈み、西の空は茜色《あかねいろ》の残照に染まっていた。そろそろ暮れ六ツ(午後六時)であろう。それでも、日本橋川沿いの道は、けっこう人通りが多かった。仕事を終えた職人、ぼてふり、船頭、風呂敷包みを背負った行商人などが、迫りくる夕闇にせかされるように足早に通り過ぎていく。


男がひとり、隼人たちを尾けていた。さきほど安田屋の店先から出ていった棒縞の小袖を尻っ端折りした町人である。男は隼人たちから一町ほど間をとり、通行人にまぎれて巧みに尾けていく。

隼人たちは、荒布橋をわたったところで別れた。隼人はさらに江戸橋を渡って八丁堀へ帰り、利助たちは入堀沿いの道をたどり、日本橋の町筋を北にむかって豆菊のある紺屋町へ帰るのである。

男は荒布橋を渡ったところで隼人と利助たちに目をやり、戸惑うような顔をしたが、隼人の跡を尾けだした。おそらく、隼人の住む組屋敷を確認するつもりなのだろう。

5

深川佐賀町。永代橋《えいたいばし》のたもとから数町上流に行ったところに、戸川屋《とがわや》という船宿があった。その船宿の二階に、五人の男が集まって酒を飲んでいた。有馬、惣五郎、藤次郎、それに大柄な武士と剽悍そうな町人がいた。

大柄な武士の名は、渋川七之助《しぶかわしちのすけ》。五十石取りの御家人だったが、非役で妻子はなく、ほとんど屋敷によりつかなかった。いわゆる、御家人くずれである。歳は三十二。髭《ひげ》が濃く、頤《おとがい》が張っていた。いかにも武辺者《ぶへんしゃ》らしい面《つら》構えをしている。

剽悍そうな町人は、隼人たちの跡を尾けた男である。名は磯造《いそぞう》。年の頃は二十四、五であろうか。惣五郎の手先で、ふだんは安田屋で雑用をしていた。惣五郎の使い走りもこの男の仕事である。

「それで、八丁堀の同心の名が分かったのか」

惣五郎が訊いた。

福耳で、頬のふっくらした顔が赤みを帯びていた。肌に熟柿《じゅくし》のような艶《つや》がある。酒気のせいらしい。笑っているような顔だが、磯造にむけられた細い目には、刺すようなひかりがあった。

「南町奉行所《みなみ》の長月でさァ」

磯造が顔をこわばらせて言った。

「なに、鬼隼人か」

惣五郎の杯《さかずき》を持った手が唇の前でとまった。惣五郎の顔がけわしくなり、笑っているような顔がゆがんだように見えた。福相のせいか、奇妙な不気味さがある。

「鬼隼人とは何者だ」

渋川が低い声で訊いた。

「八丁堀の同心ですがね。歯向かうやつを平気で斬るもんで、あっしらの仲間内では八丁堀の鬼とか鬼隼人とか呼ばれてるんでさァ」

「そやつ、腕が立つのか」

渋川が手酌で酒をつぎながら訊いた。

「これまで、何人も腕のたつやつが殺られていやすからね。……厄介な相手ですぜ」

惣五郎が渋い顔をして言った。

「親分、千次みてぇに始末しちまったらどうです」

藤次郎が口元に薄笑いを浮かべながら言うと、

「おれが、斬ってもいいぞ。まだ、おれはだれも斬ってないからな」

と、渋川が言い添えた。

有馬はひとり黙したまま杯をかたむけている。惣五郎たちの話は聞いていたが、ほとんど表情を動かさなかった。

「いままでの殺しと同じようには、いきませんぜ」

惣五郎が渋川と藤次郎に目をやりながら言った。

「なに、相手はひとりだ。何とでもなる」

そう言って、渋川がニヤリと笑った。顔が赭黒く染まり、大きな目が燭台《しょくだい》の火を映して熾火《おきび》のようにひかっている。

「それじゃァ、玄六のときと同じように渋川の旦那と藤次郎に頼みますかね」

惣五郎はチラッと有馬に目をむけた。

有馬は表情も変えず、無言でうなずいた。渋川に頼んでかまわないと返事したのである。

「ところで、他の町方の動きはどうだ」

惣五郎が、藤次郎と磯造に目をむけて訊いた。

「千次を殺った通りで、岡っ引きたちがだいぶ嗅ぎまわってやしたがね。何も出てきゃァしませんや」

磯造が言うと、

「おれたちに目をつけたやつがいたら、また始末しちまえばいいんでさァ」

藤次郎が、つぶやくような声で言い添えた。

「まァ、そうだな」

惣五郎は、顔の渋い表情を消して銚子《ちょうし》に手を伸ばした。

それから、小半刻（三十分）ほどしたとき、有馬が、

「わしは、帰らせてもらうぞ」

と言って、腰を上げた。

有馬は鶴江が心配だったのだ。有馬が出かけるとき、鶴江は眠っていたので声をかけずに出てきたのだが、寝息がいつもより乱れていたし、肌が紙のように白く艶がなかった。それに、有馬が長屋を出てから一刻（二時間）ちかく経っていたのだ。

「娘さんの具合は、どうです」

惣五郎が、有馬の顔を見上げながら訊いた。惣五郎も有馬の娘が病に臥《ふ》せっている

ことを知っていたのだ。

「よくない」

ぽつり、と言い残し、有馬は座敷を出た。

外は夜陰につつまれていた。満天の星空である。大川の川面《かわも》が黒々とひろがり、江戸湊《みなと》の彼方《かなた》で深い夜陰と溶け合っている。川面が流れの起伏に合わせて月光を反射し、巨大な竜の鱗《うろこ》のようにひかっている。

有馬は人影のない大川端を足早に歩いた。聞こえてくるのは、汀《みぎわ》を洗う川の流れの音だけである。

有馬は新大橋を渡って日本橋に出ると、浜町堀沿いの道を北にむかい、鶴江の待っている亀井町へむかった。

有馬は急いだ。長屋は夜陰につつまれていた。どの家からも洩れてくる灯《ひ》はなく、ひっそりと静まっている。ときおり、腰高障子の向こうから赤子の泣き声や歯ぎしりの音など聞こえてきた。

有馬の家も、夜陰のなかでひっそりとしていた。戸口の腰高障子に近付いたとき、障子の向こうで咳き込む音と畳を這《は》うような音が聞こえた。

「鶴江！」

急いで、有馬は腰高障子をあけた。

家のなかは闇につつまれていたが、かすかな月明りのなかに身を起こしている鶴江の姿が見えた。血の匂いがする。

鶴江は夜具から這い出し、手で口を押さえ、上半身を折るようにしていた。口を押さえた指の間から血が、滴《したた》り落ちていた。鶴江は夜具を血で汚すまいと、夜具から這い出てきたらしい。

鶴江は畳に両膝を折り、激しく咳き込んでいた。長い髪を打ち振り、上半身を上下させている。

有馬は飛び込むような勢いで框《かまち》から座敷へ上がり、鶴江に身を寄せた。畳の上に、吐いた血が赭黒くひろがっている。驚くほどの大量の血だった。痩せ衰えた鶴江の体のなかに残っている命が、また吐き出されたのである。

「鶴江！　しっかりしろ」

有馬は左手で鶴江の体を支え、右手で背中をさすってやった。

鶴江は有馬の腕のなかで痩せた体をビクビク顫わせて、なおも咳き込んでいたが、しだいに収まってきたようだ。

「ち、父上……」

鶴江が苦しそうに喘《あえ》ぎながら顔を上げた。髪が乱れ、青白い顔の口のまわりが真っ赤な血に染まっている。

「何もしゃべらんでいい」

有馬は、ともかく、横になって体を休めるのだ、そう言って、鶴江の体を後ろから抱き、夜具の上に横たえてやった。

「いま、顔を拭いてやるからな」

有馬は急いで流し場に行き、小桶に水を汲んだ。そして、手ぬぐいを水に浸して絞り、鶴江の口のまわりや首筋、血のついた手などを拭いてやった。鶴江は苦しげな喘ぎ声を上げ、有馬のなすがままになっている。

血を拭き終えると、鶴江に夜具をかけてやり、

「すこし、眠るといい」

と言って、有馬は鶴江の枕元に膝を折った。

鶴江は仰向けになったまま目を閉じていた。まだ体が顫え、息を乱している。白蠟のような顔に、かすかに赤みがさしていた。熱のせいである。

「父上……」

鶴江がつぶやくような声で言って、夜具から手を出し、細い指を有馬の膝先に伸ばしてきた。

有馬はその手を握りしめてやった。熱い手だった。やはり、熱があるようだ。

鶴江は、ふいに顔をなごませ、口元に微笑を浮かべた。有馬に手を握られ、安心したのかもしれない。

……子供のようだ。

と、有馬は思った。

淡い月明りに浮かび上がった鶴江の顔は、女の顔ではなかった。まるで、童女の寝顔のように可愛くやすらかだった。

その顔を見ていた有馬の瞼から涙が溢れ出、とめどもなく頰をつたって流れ落ちた。

6

曇天で風があった。日本橋川の川面が波立ち、汀《みぎわ》の石垣を打つ波音が絶え間なく聞こえてくる。

八ツ半（午後三時）ごろだった。雨が降ってきそうな空模様のせいか、日本橋川沿いの通りはひっそりとしていた。人影もまばらである。通り沿いの表店は店をあけていたが、客足はすくないようだ。

この日、隼人は利助と綾次を連れ、小網町に来ていた。安田屋に、おしげという女が通いの女中で勤めていると聞き込み、路傍の樹陰に身を隠して待っていたのである。

「旦那、そろそろ来てもいいころですぜ」

利助が通りの先に目をやって言った。

聞き込みのおり、安田屋に酒を入れているという酒屋の奉公人が、おしげさんは、いつも八ツ半ごろ店に来るようですよ、と話してくれたのだ。

「あの女かもしれねえ」

利助の脇にいた綾次が通りの先を指差した。

見ると、小柄な女が下駄の音をさせながら歩いてくる。年のころは十七、八。色白で丸顔。美人ではなかったが、ぽっちゃりした可愛い顔をしていた。

「右の目の下に、泣《な》き黒子《ぼくろ》があると聞いたがな」

それも、酒屋の奉公人が話してくれたのだ。

女はだいぶ近くまで来ていたが、まだ顔の黒子までは確認できない。

「旦那、黒子がありやす、右の目の下に」

綾次が言った。

泣き黒子である。おしげに間違いないようだ。隼人は女が近付くのを待って、樹陰から通りへ出た。

「おしげさんかい」

隼人が女の前に立って訊いた。

「は、はい……」

おしげの声が震え、身を竦《すく》ませている。いきなり八丁堀同心に行く手をふさがれ、声をかけられたら平静ではいられないだろう。

「安心しな。おめえには、何のかかわりもねえ」

隼人は穏やかな声で言い、おしげを路傍の樹陰に連れていった。その場では人目を引き、安田屋の者も気付くのではないかと思ったのだ。

「ちと、訊きたいことがあってな」

「な、何ですか」

おしげは、まだ顔をこわばらせていた。

「室町にある呉服屋の黒崎屋を知っているかな」

「はい……」

「黒崎屋のあるじの市蔵が安田屋に来たはずだが、顔を覚えているか」

「知ってます。あたし、座敷に出ましたから」

おしげは怪訝《けげん》な目を隼人にむけた。何を訊こうとしているのか、分からなかったからだろう。ただ、顔にあった怯えたような表情は消えていた。自分とはかかわりがないと分かったからだろう。

「市蔵はひとりで来たのか」

「はい、ひとりでした」

「おかしいな。ひとりで飲みに来るとは思えないが……」

特別贔屓《ひいき》にしているか、馴染《なじ》みの女中でもいれば別だが、大店の主人が料理屋にひとりで飲みに来ることはないだろう。

「店《うち》の旦那さんに、話があったようですよ」

「惣五郎か」

「はい」

「ふたりで、どんな話をしたのだ」

「わたしには、分からない……」

おしげによると、ふたりは二階の小座敷で小半刻（三十分）ほどいっしょにいただけだという。

……殺しを依頼したのかもしれねえ。

その思いが、隼人の脳裏によぎったが、まだはっきりしたことは何も分からなかった。惣五郎が何者なのかも、つかんでいないのである。

「相生町の坂田屋を知っているか」

隼人は話を変えた。

「はい……」

「あるじの六右衛門は?」

「知ってます。座敷には出なかったけど、料理を運びましたから」

「やはりひとりで店に来たのか?」

「わたしが料理を運んだときは、ひとりだけだったけど……」

はっきりしないらしく、おしげは首をかしげた。

「六右衛門も、惣五郎と会ったのではないのか」

六右衛門が店に来たのは、惣五郎に何か頼むためではなかったのか、と隼人は思った。

「分からないけど……」

おしげは語尾を濁した。

隼人は六右衛門のこともいろいろ訊いてみたが、おしげは料理を運んだとき、顔を合わせただけらしく、首を横に振るばかりだった。

「おしげ、おれに訊かれたことを店の者に話すなよ。下手をすると、安田屋にいられなくなるかもしれんぞ」

隼人は、惣五郎が知ったらおしげをやめさせるのではないかと思ったのだ。

「は、はい」

おしげはこわばった顔で頭を下げ、足早にその場から離れた。

樹陰から通りに出た隼人は、

「惣五郎を洗ってみるか」

と、つぶやいた。隼人は惣五郎が下手人一味の頭《かしら》格のような気がしたのである。

「あっしと綾次とで、洗ってみやすよ」

利助が隼人につづいて歩きだしながら言った。綾次も神妙な顔をしてついてきた。

「安田屋で聞き込むつもりか」

隼人は、安田屋周辺で嗅ぎまわるとあぶないと思った。下手に動くと、千次の二の舞いである。

「賭場を当たってみやす」

利助が顔をひきしめて言った。

「賭場だと？」

「へい、親分が、惣五郎を洗うには賭場をあたれば早《はえ》えと言ってやしたんで」

利助と綾次は、昨夜豆菊で八吉にこれまでの探索の経緯を話したという。そのおり、利助が、惣五郎は深川の方で賭場をひらいていた噂もある、と口にすると、八吉が、それなら、深川の賭場をあたってみろ、と言ったという。

「なるほど、賭場か。さすが、八吉だ」

隼人も、賭場を洗った方が早いかもしれないと思った。

「明日から、綾次とふたりで深川をまわらしてもらいやす」

利助は、隼人の供ができなくなるのを心配したらしい。

「かまわねえよ。……だが、気をつけろ、千次のこともあるからな」

隼人は、下手に動くと千次と同じように命を狙われるのではないかと懸念したのだ。一味には腕の立つ武士がいるのである。

「へい」

利助がこわばった顔でうなずいた。

隼人は利助たちと荒川橋を渡ったところで別れた。まだ、暮れ六ッ（午後六時）までは間があったが、雨が降ってきそうな空模様だったので、今日のところはこれまでにしたのである。

7

隼人は江戸橋を渡り、本材木町に出てから楓川にかかる海賊橋を八丁堀に出た。松平和泉守の上屋敷の前を通り、南茅場町の町筋へ入った。

ぽつぽつと雨が降ってきた。厚い雲が垂れ込め、通りは夕暮れ時のように薄暗かった。まだ、濡れるような雨ではなかったが、隼人は足早に歩いた。表店もひっそりとして、町筋もほとんど人影がない。

道の左右が仕舞屋《しもたや》の板塀と空き地になっているところへさしかかったとき、隼人は背後から走り寄る足音を聞いた。

……あいつ、おれを襲う気か！

町人体の男だった。茶の手ぬぐいを頰っかむりし、黒の半纏に股引姿だった。痩身で、すこし猫背である。

男はすこし前屈みの格好で右手をふところにつっ込み、小走りに迫ってきた。その姿に殺気があった。ふところに匕首を呑んでいるのかもしれない。

隼人は左手で兼定の鍔元《つばもと》を握り、鯉口《こいぐち》を切った。

そのときだった。仕舞屋の板塀の陰から、ふいに人影があらわれた。大柄な武士である。小袖にたっつけ袴で、深編み笠をかぶっていた。

……玄六を仕留めたふたりか！

隼人は気付いた。

隼人は、玄六が殺されるのを目撃した勇蔵が、玄六を匕首で刺したのは町人だが、もうひとり大柄な武士がいた、と話したのを思い出したのだ。

隼人は足をとめ、道端の笹藪《ささやぶ》を背にした。背後からの攻撃を避けるためである。

大柄な武士が隼人の正面に立ち、町人体の男が左手にまわり込んできた。

「八丁堀の者を襲う気かい」

隼人が正面の武士を見すえて言った。

深編み笠をかぶっていたが、髭が濃く、頤が張っているのが分かった。胸が厚く、どっしりとした腰をしている。首や手足が太く、武芸の修行で鍛えた体であることは一目《ひとめ》で分かった。

武士は渋川である。むろん、隼人は渋川の名を知らない。

渋川は無言だった。右手を刀の柄に添え、左手で鯉口を切っている。大柄な体に気勢が満ち、巌《いわお》のように感じられた。

「名は？」

隼人が誰何《すいか》した。

「問答無用！」

言いざま、渋川は抜刀した。

「やるしかねえようだな」

隼人も、兼定を抜いた。

と、左手にいた町人体の男が、ふところから匕首を取り出した。手ぬぐいの間から、餓狼《がろう》のような双眸が隼人を見すえている。この男が藤次郎だった。

渋川との間合はおよそ三間。まだ、一足一刀の間境の外である。

……遣い手だ！

と、隼人は察知した。

渋川は八相《はっそう》に構えていた。刀身を垂直に立てた大きな構えである。巨軀《きょく》とあいまって、上からおおいかぶさってくるような迫力がある。

隼人は左手の藤次郎にも目をやった。この男も、油断ならねえ、と隼人は思った。

藤次郎はすこし前屈みになり、匕首を胸の前に構えていた。敏捷そうである。その身構えは、獲物に飛びかかる寸前の狼のようだった。

……円連《えんれん》を遣う。

隼人は青眼《せいがん》に構えた。直心影流には円連と称する刀法がある。いや、刀法というより、体捌《たいさば》き、足捌きといった方がいいだろう。青眼に構えて一歩踏み込みながら、爪先《つまさき》に重点をおき、すばやく体を反転させるのである。隼人は左手にいる藤次郎の攻撃にも対応しようとしたのだ。

隼人は体の力を抜き、ゆったりと構えていた。切っ先が、ピッタリと渋川の目線につけられる。

渋川の八相に構えた刀身が、かすかに揺れた。隼人の構えに驚き、気が乱れたのだ。渋川は、隼人がこれほどの遣い手とは思っていなかったようだ。

だが、渋川の刀身の揺れはすぐに収まった。気の乱れを消したのである。渋川は全身に気魄《きはく》を込め、趾《あしゆび》を這うようにさせてジリジリと間合をせばめてきた。その動きと呼応するように、藤次郎も間合をつめてきた。

……連続してくる！

と、隼人は読んだ。初手《しょて》はどちらか分からなかったが、渋川と藤次郎は連続して斬り込んでくるだろう。

間合がせばまるにつれ、渋川の全身に斬撃の気がみなぎってきた。痺《しび》れるような殺気を放っている。

隼人は、先《せん》をとろう、と思った。渋川と藤次郎に、先に仕掛けられると、ひとりの攻撃は受けられるが、もうひとりの攻撃はかわしきれないと感知したのだ。

渋川が、斬撃の間境にあと一歩の間合に踏み込んできた。

刹那、隼人の全身から剣気《けんき》がはしった。

ヤアッ！

短い気合を発しざま、隼人が一歩踏み込んだ。

ほぼ同時に、渋川が鋭い気合を発し、八相から斬り込んできた。

次の瞬間、隼人の体が反転し、閃光が水平にはしった。

円連である。隼人は体を反転しざま、刀身を横一文字に払ったのだ。

キーン、という甲高《かんだか》い金属音がひびき、渋川の刀身が虚空に撥《は》ね上がった。隼人の払った刀身に、はじかれたのだ。

と、藤次郎が飛び込んできた。匕首を前に突き出すように構えている。

間髪をいれず、隼人は刀身を返しざま、袈裟に斬り込んだ。円連による一瞬の連続技である。

藤次郎の着物が、肩先から背にかけて裂けた。藤次郎の身がのけ反り、あらわになった肌に血の色が浮いたが、深手ではないようだ。

藤次郎はそのまま前に突っ込み、大きく間合を取って、反転した。顔が恐怖にこわばっている。手にした匕首が震えていた。隼人の迅業《はやわざ》に恐れをなしたようだ。

一方、渋川は大きく間合を取り、ふたたび八相に構えていた。深編み笠をかぶっていたため渋川の顔は見えなかったが、逡巡《しゅんじゅん》しているようだ。八相の構えに気勢が見られず、かすかに刀身が揺れている。

そのとき、通りの先に人影があらわれた。八丁堀同心らしい。黄八丈の小袖を着流し、巻き羽織という格好である。ふたりの小者を連れていた。ひとりは、挟み箱を担いでいる。奉行所から組屋敷に帰るところのようだ。

「だ、旦那、出直しやしょう」

藤次郎が後じさりながら言った。

「長月、勝負はあずけた」

武士が胴間声《どうまごえ》で言い、反転すると駆けだした。すぐに、藤次郎がつづいた。

隼人は追わなかった。ふたりの逃げ足が速いこともあったが、追っても捕らえられないと踏んだのである。

隼人は刀を納め、去っていくふたりの背を見送っていた。雨は小粒になっていたが、まだ降っていた。

隼人は振り返って、通りの先の同心に目をやった。顔に覚えはあったが、名は知らなかった。北町奉行所の同心であろう。それも捕物にかかわる同心ではないようだ。

隼人は足早に歩きだした。同心に説明するのが面倒だったのである。

第四章　鶴江の死

1

「旦那、あっしも深川へ行きやしょうか」

八吉が隼人に目をむけながら言った。

豆菊の奥の座敷に、隼人、八吉、利助、綾次の四人が顔をそろえていた。この日、隼人は利助たちの探索の様子を訊くために、豆菊に立ち寄ったのだ。

利助が首をすくめて、それがまだ何もつかめねえんで、と小声で言った。利助と綾次によると、深川に足を運んで二日になるが、まだ何の収穫もないという。

隼人たちの話を聞いていた八吉が、自分も深川へ行ってもいいと言い出したのだ。

「なに、深川にはむかしの知り合いがいやしてね。そいつに訊けば、様子が知れるんじゃァねえかと思ったんでさァ」

八吉が照れたような顔で言い添えた。

「そうしてもらえると、ありがたいが、店はいいのか」

隼人は、八吉、利助、綾次の三人が豆菊にいなかったら、おとよが困るだろうと思ったのである。

「三日も四日も、店をあけるわけじゃァねえんで。それに、綾次はおいていきやすよ。三人もで、雁首をそろえて行くこたァねえんでね」

八吉は、知り合いから話を訊くだけなので、店をあけるのは一日だけだと言い添えた。

「八吉、油断するなよ。……おれも、三日前、ふたり組に襲われてな、あやうく、千次の二の舞いになるところだった」

隼人が言うと、八吉たち三人は驚いたような顔をした。

「旦那、あっしらと別れた後ですかい」

綾次が目を剝いて訊いた。

「そうだ。大番屋のちかくで、大柄な武士と町人体の男にな。おれたちが、一味の身辺に近付いたってことかもしれねえな」

隼人はそのときの様子とふたりの体軀《たいく》などを話し、

「八吉、何か心当たりはねえかい」

と、訊いた。隼人が豆菊に足を運んできたのは、ふたりのことも訊いてみようと思ったからである。

八吉は、いっとき虚空に視線をとめて考え込んでいたが、

「ありませんねえ」

と言って、首をひねった。

「そうか。……いずれにしろ、殺しにかかわっている者で、いま分かっているのは三人だ。おれを襲ったふたり、それに年寄りの武士だ」

隼人は三人のなかでも、年寄りの武士が一番の遣い手ではないかとみていた。籠手を斬り、二の太刀で相手を仕留める刀法を遣う男である。

「その三人を束ねているのが、惣五郎とみてるんですかい」

八吉が訊いた。

「いや、惣五郎のことは、まだ何も分かっていないのだ。……金ずくで殺しを請け負っている一味の首謀者のような気がするだけだ」

それをはっきりさせるためにも、惣五郎の正体が知りたいのだ。

「明日にも、深川へ行ってみやすよ」

そう言うと、八吉は腰を上げた。

戸口の方で戸をあける音がし、つづいて男たちとやり取りするおとよの声が聞こえ

たのだ。客が入ってきたらしい。

「さて、おれも帰《けえ》るか」

隼人は、冷たくなった湯飲みの茶を飲み干してから腰を上げた。

店先まで送ってきた利助に、

「深追いはするなよ」

と、隼人は念を押した。胸の内に、一味の者に跡を尾けられているのではないかという懸念があったのだ。

外は淡い暮色に染まっていた。陽は家並のむこうに沈み、西の空には残照がひろがっている。まだ、上空には青さが残っていたが、表店は店仕舞いし、薄墨を刷いたような夕闇につつまれていた。

隼人は表通りへ出たところで、辺りに目を配った。尾行者や襲撃者がいないか確めたのである。

それらしい人影はなかった。町筋はひっそりして、通りの人影もまばらだった。

隼人は表通りを南に向かい、掘割にかかる道浄橋を渡って米河岸へ出た。その先が江戸橋である。店仕舞いした表店の軒下や樹陰に、夕闇が忍び寄っていた。ふだんは賑やかな米河岸も、いまはひっそりとしている。それでも、印半纏姿の船頭やこれから酒でも飲みに行くらしい若い衆などの姿が目についた。

江戸橋につづいて、海賊橋を渡って八丁堀へ出たとき、隼人はあらためて通りの前後に目をやった。その先が、大柄な武士と町人体の男に襲われた場所である。

……今日は、いないようだ。

と、隼人は思った。それらしい人影はなかったのだ。

隼人は南茅場町に入り、しばらく歩いたところで、左手へまがった。その路地の先に隼人の住む組屋敷がある。


その曲り角から、隼人の姿が一町ほど遠ざかったとき、ふたりの男が通りへ出てきた。ふたりは、路傍に立ったまま遠ざかっていく隼人の後ろ姿を凝《じっ》と見つめている。

「旦那、あいつが長月でさァ」

低い声で言ったのは、藤次郎だった。藤次郎の襟元《えりもと》から晒《さらし》が覗いていた。隼人に斬られた傷口に巻いてあるらしい。ただ、そうやって出歩いているところを見ると、たいした傷ではないようだ。

その藤次郎の脇に立って、隼人の背をみつめているのが、有馬だった。有馬の双眸には切っ先のようなひかりが宿っていた。ひとりの剣客として、隼人を見ていたのだ。

……できる！

有馬は胸の内で声を上げた。

隼人の体軀、気の配り、腰の据わった身構え、隙《すき》のなさ、そうしたことから、有馬は隼人の腕のほどを読み取ったのである。

「やつを、斬れやすかい」

藤次郎が訊いた。

「遣い手のようだ。やってみねば分からんな」

有馬は小声で言った。本音である。やってみねば、勝負は分からない。

渋川と藤次郎で隼人を襲った翌日のこと、惣五郎たちが戸川屋に集まった。そのとき、渋川が、

「長月は遣い手だ。有馬、手を貸してくれ」

と、渋い顔をして言いだした。

すると、惣五郎も、

「長月を始末しねえと、いずれおれたちは首を落とされることになる。どんな手を遣ってもかまわねえ。早いとこ、始末しちまってくだせえ」

と、有馬に頼んだのだ。

有馬はいっとき黙考していたが、

「渋川どのがてこずるような遣い手では、わしも簡単に仕掛けるわけにはいかぬな。とにかく、相手を見てみたい」

と、答えたのだ。

すると、藤次郎が、

「あっしが、有馬の旦那を案内して、長月の面《つら》を拝んでもらいやすよ」

そう言い、今日になって、この通りへ有馬を連れてきたのである。

有馬と藤次郎は路傍に立ったまま隼人に目をむけていたが、すでに、隼人の後ろ姿は夕闇のなかに溶けるように消えていた。

「三人で、取り囲んでやりやすか」

藤次郎が言った。

「いや、あの男はわしが斬る」

有馬は重いひびきのある声で言った。

有馬の双眸が燃えるようにひかっている。久し振りに、有馬の体のなかで剣客としての血が滾《たぎ》っていた。

2

　八吉と利助は、深川黒江町を歩いていた。隼人たちと豆菊で話した翌日である。

　そこは賑やかな富ケ岡八幡宮《とみがおかはちまんぐう》の門前通りから、一町ほど入った細い通りだった。小体なそば屋、縄暖簾を出した飲み屋、一膳めし屋などの多い路地で、長屋の住人らしい女房や子供、半裸の人足や遊び人ふうの男などが目に付いた。繁華街のそばでよく見かける裏路地である。

「この辺りだったかな」

　八吉は、店先に縄暖簾を出した『たぬき』という小体な飲み屋を探していた。戸口の腰高障子に、たぬき、とだけ書いてあるはずである。

　たぬきの親爺の繁蔵《しげぞう》が、八吉の知り合いだった。繁蔵は深川で幅をきかせていた地まわりだったが、賭場に町方の手が入ってお縄になりそうになったとき、八吉が見逃してやったのだ。それが縁で、深川界隈で事件が起こったとき、繁蔵はそれとなく八吉に情報を洩らしてくれるようになったのだ。

　数年前、繁蔵は賭場で口喧嘩《くちげんか》になった男に右腕を斬られ、右手が自由に動かなくなったのを機に足を洗い、ここに店を出したのである。もっとも、繁蔵は五十代半ばで、そろそろ体も思うように動かなくなり、足を洗う潮時でもあったのだ。

「親分、あの店だ」

利助が指差した。

そば屋の先に縄暖簾を出した小体な飲み屋があり、戸口の腰高障子に、たぬきとだけ大きな字で無造作に書いてあった。

「ここだ、ここだ」

八吉が声を上げた。

腰高障子をあけると、土間に飯台が並べてあった。間口の割に奥行きのある店だが、客はひとりしかいなかった。職人ふうの男が、腰掛け替りの空《あ》き樽《だる》に腰をかけて酒を飲んでいる。

「ごめんよ、だれかいねえかい」

八吉が声をかけると、下駄の音がし、奥から女が出てきた。でっぷり太った女で、頬がふくれ、顎のあたりの肉がたるんでいた。歳は分からないが、四十を越しているのではあるまいか。

「おらくさんかい」

八吉は、女を知っていた。繁蔵の情婦《いろ》だったおらくである。数年前も、太ってはいたが、これほどではなかった。女が太りだすと、一気に太るのかもしれない。

「あら、八吉さん」

おらくが、笑った。笑うと、ふくれた頰のせいもあって目が糸のように細くなる。

「繁蔵はいるかい」

八吉が奥に目をやりながら訊いた。

「いるよ。すぐ、よこすから腰を下ろしてておくれよ」

そう言って、おらくは下駄の重い音を残して奥へもどった。

待つまでもなく、背の高いひょろりとした男が姿を見せた。面長で、顎がとがっていた。鬢や髷に白髪が目立ち、背もすこしまがっている。

「おお、紺屋町の、久し振りだな」

男が目を細めて言った。

「繁蔵、変わりないようだな」

八吉は空き樽に腰を下ろしながら言った。利助も、八吉の後ろに神妙な顔をして腰を下ろした。

「一杯やるかい。鰈《かれい》の煮たのがあるぜ」

「頼むか」

「ちょいと、待ってくれ」

繁蔵は慌てた様子で奥へもどった。板場にいるおらくに、酒と肴を持ってくるよう伝えにいったのだろう。

繁蔵はすぐに出てきた。そして、八吉の脇の空き樽に腰を下ろすと、

「まさか、紺屋町から酒を飲みに来たわけじゃァねえだろう」

と、小声で訊いた。笑いを消すと、顔のきく地まわりを思わせるようなふてぶてしい面《つら》になった。

「ちょいと、訊きてえことがあってな」

「おめえ、御用聞きの足を洗ったんじゃァねえのかい」

繁蔵が怪訝な顔をした。

「こいつが、おれの跡を継いだのよ。利助ってえんだ」

八吉がそう言うと、後ろにいた利助が、

「利助でさァ。まだ、駆け出しで」

と、照れたような顔をして言った。

「そいつはいいや。……つまらねえ飲み屋の親爺だが、よろしく頼むぜ」

繁蔵がそう言ったところへ、おらくが銚子と鰈の煮付けを持ってきた。鰈は飴色《あめいろ》に

煮付けられ、湯気が立っていた。うまそうである。

「まァ、一杯、飲んでくれ」

さっそく、繁蔵が左手で銚子を取り、八吉と利助の猪口《ちょこ》に酒をついでくれた。まだ、右手は思うように動かないようである。

八吉は猪口の酒を飲み干したところで、

「ところで、惣五郎ってえやつを知ってるかい」

と、切り出した。

「布袋の惣五郎のことかい」

繁蔵の声が急に小さくなった。顔がこわばっている。

「そうだ」

布袋の惣五郎と呼ばれていることは知らなかったが、まちがいないだろう。

「深川では幅をきかせていた男だが、いまはいねえぜ」

繁蔵によると、惣五郎は深川の蛤町《はまぐりちょう》で賭場をひらいていたが、二年前に町方の手入れを受け、深川から姿を消したという。残忍な男で、盾突く者はむろんのこと金ずくで人殺しもしていたそうである。

……そいつだ！

と、八吉は確信した。

「それで、惣五郎はいまどこにいるんだい」

八吉は、そのことが知りたかった。

「分からねえ、情婦のところへしけこんでいるってえ噂もあるがな。……紺屋町の、惣五郎には、かかわらねえ方がいいぜ。命がいくつあっても、たりねえからよ」

繁蔵は顔をこわばらせたまま言った。どうやら、惣五郎を恐れているらしい。

「なに、おれが探ってることは分かりゃァしねえ。なにせ、隠居の身だからな。ところで、惣五郎の塒を知ってるやつはいねえかい」

かまわず、八吉が訊いた。

「そうだな。……政吉《まさきち》なら知ってるかな」

「政吉ってやつは？」

「惣五郎の手先だったやつだ」

「どこへ行けば、政吉に会える？」

八吉は政吉に会って、惣五郎の塒を聞き出したかったのだ。

「富沢町の長屋にいると聞いた覚えがあるがな」

繁蔵は首をひねった。はっきりしないようだ。

「何をしている男だ」

「惣五郎の手下のころはいい顔をして賭場の代貸《だいがし》をしてたが、いまは何もしてねえはずだ。そいつも、かなりの歳だからな」

「それじゃァ食えねえだろう」

「倅が船頭してるはずだ。そこへ、転がり込んでるんじゃァねえのかな。よくできた倅らしいが、おれは顔も知らねえ」

「倅の名は分かるかい」

「梅造《うめぞう》だったか梅吉《うめきち》だったか、はっきりしねえが、今川町の吉甚《よしじん》ってえ船宿にいるらしいぜ。そこへ行けば、分かるんじゃァねえのかい」

繁蔵がそう言ったとき、数人の客が入ってきた。いずれも、人足か日傭取《ひようと》りといった感じの男たちだった。

「おれがしゃべったことは、内緒にしてくれよ」

そう言って、繁蔵は立ち上がった。

「分かってるよ」

八吉が繁蔵を見上げてうなずいた。

八吉と利助は、鰈の煮付けを肴に、出された銚子の酒を飲み終えてから腰を上げた。

3

翌日、八吉は利助を連れて今川町へ出かけた。吉甚はすぐに分かった。大川端にある船宿で、繁盛している店だった。

吉甚のあるじに、梅造か梅吉という名の船頭はいないか訊くと、梅吉ならいるという。

「いまなら、桟橋にいるはずだよ」

五十がらみのあるじが、桟橋は店の脇の石段を下りたところだと教えてくれた。

行ってみると、ちいさな桟橋で猪牙舟《ちょきぶね》が五艘舫《そうもや》ってあった。船頭がふたりいて、船底に茣蓙を敷いていた。客を乗せる準備をしているらしい。ふたりの船頭は背に吉甚と書かれた半纏を着ていた。どうやら、吉甚専用の桟橋らしい。ふたりとも吉甚に雇われている船頭であろう。

「梅吉ってえなァ、どっちだい」

利助がふたりに目をむけながら訊いた。八吉は、後ろに下がっていた。ここは、利助に任すつもりらしい。

「あっしだよ」

色の浅黒い三十がらみの男が、利助に不審そうな目をむけた。

「ちょいと、すまねえ」

利助は手招きした。

桟橋の上から、舟にいる梅吉とやり取りするわけにはいかなかったのである。

「何の用だい。こちとらは、忙しいだ」

梅吉は不満な顔をしたが、舟から桟橋へ上がってきた。

「訊きてえことがあってな」

利助は、ふところから十手を取り出すと、すこし横を向いて、もうひとりの船頭には気付かれないようにして梅吉に見せた。

「親分さんですかい」

梅吉が首をすくめて言った。

「なに、てえしたことじゃァねえんだ。……おめえの親爺は、政吉ってえ名だな」

利助は政吉の名を出した。

「へえ」

梅吉が不安そうな顔をした。

「政吉は、おめえといっしょに暮らしているのかい」

「へい、二年前に中風を患いやして、ちょいと、足が不自由になりやしたんで、家にいまさァ」

梅吉が、おとっつァんが、何かしたんですかい、と顔をこわばらせて訊いた。怯えたように視線が揺れている。おそらく、父親の政吉がむかし賭場の代貸をしていたことを知っているのだろう。

後ろでやり取りを訊いていた八吉が、

「おめえのおとっつァんに、訊いてみてえことがあるだけよ。……何も心配することはねえぜ。おとっつァんやおめえには、かかわりのねえことだ」

そう言うと、梅吉の顔がいくぶんやわらいだ。

「それで、おめえの家は？」

利助が訊いた。

「……富沢町の五兵衛店《ごへえだな》でさァ」

梅吉によると、長屋は隣町の長谷川町に近い地で、稲荷の脇の路地を入った先にあるという。

「心配するな。おめえたちに、迷惑はかけねえ」

八吉がもう一度念を押して、桟橋を離れた。隼人や八吉たちの狙いは、あくまでも惣五郎だった。

　大川端の通りへ出るとすぐに、八吉が、

「おれの出番は、ここまでだな」

　と、大川の先の日本橋の家並に目をやりながら言った。

「親分、富沢町へは行かねえんですかい」

　利助が怪訝な顔をして訊いた。

　まだ、陽は高かった。これから、永代橋を渡って日本橋へ行けば、政吉に会って話を聞く時間はじゅうぶんあるのだ。

「後は、おめえと長月の旦那にまかせる。……利助、これから八丁堀へ走って、長月の旦那に政吉の塒が分かったことをお報《し》らせするんだ。政吉から聞き出したいことは、長月の旦那が分かっていなさる」

　八吉が当然のことのように言った。

「承知しやした」

　利助がうなずいた。

　利助は永代橋を渡り、行徳河岸へ出たところで八吉と別れた。八吉は豆菊へもどり、利助はその足で八丁堀へむかったのだ。

利助は八丁堀の組屋敷へ顔を出したが、隼人はいなかった、まだ、八ツ半（午後三時）ごろだったので、奉行所からもどらないのだろう。

利助は、おたえに家で待つように言われたが、屋敷には入らずに戸口近くの路傍で隼人の帰るのを待った。

しばらくすると、通りの先に隼人の姿が見えた。挟み箱をかついだ庄助をしたがえている。

「どうした、利助」

隼人が利助に声をかけた。

「へい、惣五郎の正体が知れそうですぜ」

そう前置きして、利助が政吉の塒をつかんだまでの経緯《いきさつ》を話した。

「富沢町の五兵衛店か」

「やつは、中風で足が不自由だそうでさァ。まちがいなく、長屋にいやすぜ」

利助が言い添えた。

「早い方がいいな」

隼人が頭上の陽に目をやって言った。

西の空にかたむいていたが、まだ日没までには間があった。七ッ（午後四時）をすこし過ぎたところであろうか。富沢町へ出かけて、政吉から話を聞く時間はある。

「このまま行こう」

隼人が言うと、庄助が、

「旦那、おたえさまに、話さなくていいんですかい」

と、戸惑うような顔をして訊いた。

「庄助から、話しておけ」

そう言い置き、隼人は利助を連れて戸口から離れた。

4

「旦那、あそこに稲荷がありやすぜ」

利助が前方を指差した。

半町ほど先に稲荷の赤い鳥居が見えた。こんもりとした杜《もり》がある。その脇に細い路地があった。

「脇の路地の先だと聞いてやすぜ」

利助が先にたって言った。

そこは、小体な店や表長屋などがごてごてと軒をつらねる裏路地だった。一町ほど行くと長屋へつづく路地木戸があった。

通りかかったぼてふりに訊くと、そこが五兵衛店だという。

隼人と利助は路地木戸をくぐった。とっつきに井戸があった。井戸端で、女房らしい女が水を汲んでいた。女は隼人と利助の姿を見ると、釣瓶《つるべ》をつかんだ手をとめて、顔をこわばらせた。手桶を持った手が震えている。いきなり、長屋へ八丁堀同心が入ってくれば、驚いて当然だろう。

「心配するこたァねえぜ。てえした用じゃァねえんだ」

隼人が笑みを浮かべて声をかけると、女の顔がいくぶんなごんだ。

「政吉って年寄りが住んでるはずだが、どこの家だい?」

隼人が訊いた。

「ま、政吉さんなら、そこの二番目の家です」

女がすぐ前の棟を指差した。濡れた指が震えている。

「すまねえ。水汲みをつづけてくんな」

隼人はそう言い置いて、女が指差した棟の前へまわった。

腰高障子の破れ目から家のなかを覗いてみた。部屋のなかは薄暗くてはっきりしなかったが、畳に横になっている人影が識別できた。土間の先に一間あるだけの棟割り長屋である。

「いるようだな」

隼人は腰高障子をあけた。

土間へ入ると、座敷に横になっていた男が身を起こした。男は驚愕《きょうがく》に目を剝き、背筋を伸ばして凍りついたように身を硬くしている。かなりの老齢だった。白髪まじりの鬢や髷が乱れ、継ぎ当てのある小袖がだらしなくはだけ、痩せて肋骨《あばらぼね》の浮き出た胸があらわになっている。

「政吉かい」

隼人が声をかけた。

「へ、へい……」

政吉は畳を這って隼人に近付くと、

「足が悪いもんで、勘弁してくだせえ」

と言って、片足を脇に出して胡座《あぐら》をかいた。

「かまわねえよ。おれも、腰を下ろさせてもらうぜ」

隼人は兼定を鞘ごと抜くと、上がり框に腰を下ろした。利助は黙ったまま隼人の脇に腰かけた。

「だ、旦那、あっしに何の用で?」

政吉が声を震わせて訊いた。恐怖であろう。顔がひき攣《つ》っている。

「おめえのむかしのことは、みんな忘れてやる。おめえにも倅の梅吉にも、手は出さねえ。……ただ、おめえが隠し立てをすれば別だぜ」

隼人は政吉を見すえて低い声で言った。

「し、知ってることは、包み隠さず話しやす」

政吉は、畳に両手をついて哀願するように言った。

「いい心掛けだ。まず、惣五郎だ。やつは、いまどこに隠れている」

隼人は単刀直入に訊いた。

「情婦《いろ》のとこでさァ」

政吉は、すぐに答えた。隠す気はないようである。

「その情婦は、どこにいる?」

「小網町の安田屋でさァ」

「やはり、安田屋か。とすると、女将のおせつが情婦だな」

隼人は、おせつが惣五郎の情婦らしいことを耳にしていた。

「へ、へい」

政吉によると、女将のおせつは、惣五郎が深川で賭場をひらいているときから情婦だったという。惣五郎は賭場に客として来た安田屋のあるじの文蔵を博奕《ばくち》にのめり込ませて鴨《かも》にし、借金をさせ、そのかたとして安田屋をただ同然で買い取り、おせつを女将に据えたという。

「ところで、惣五郎はいまも賭場をひらいているのか」

隼人が訊いた。

「いや、いまは賭場をひらいちゃァいねえ。子分たちもだいぶ挙げられて、残っているのは、藤次郎と磯造ぐれえしかいねえはずだ」

「藤次郎と磯造ってなァ、どんな男だい」

「ふたりとも、いつも布袋の親分のそばにいやしたぜ」

政吉によると、藤次郎は惣五郎の片腕のような男で、磯造は使い走りをすることが多かったという。

「惣五郎は布袋と呼ばれていたのか」

「へい、太っていやして、布袋みてえな、でけえ腹をしてたんでさァ」

「布袋な。……ところで、惣五郎だが、いま何をしてるんだい？　まさか、安田屋のあるじに収まって、おせつの尻に敷かれているわけじゃァあるまい」

惣五郎のような男は、悪事から簡単に足を洗うようなことはない、と隼人はみていた。

「い、いまは、何をしてるか知らねえ……」

政吉は戸惑うように視線を揺らした。

「金ずくで、殺しを請け負っているんじゃァねえのか」

隼人が政吉を睨むように見すえて言った。

「……そうかもしれねえ」

政吉は否定しなかった。

「深川にいるときも、賭場だけじゃァなく殺しも引き受けてたとみてるんだがな」

「やっていやした」

政吉によると、深川や本所あたりの闇の世界で、惣五郎に頼めばひそかに殺してくれるという噂があり、頼む者がいたという。ただ、殺しの依頼は滅多になく、政吉も惣五郎が何人くらい始末したか知らないそうだ。

「惣五郎が、自分で殺しに手を出したわけではあるまい」

元締めのような立場だったにちがいない、と隼人はみていた。

「殺し人は別にいやした」

「だれだ？」

「あっしは知らねえ。……布袋の親分は、殺しのことをおれたちの前では口にしなかったんでさァ」

「だが、惣五郎のそばにいれば、見当ぐらいつくだろう」

「藤次郎と渋川の旦那じゃァねえかと、噂はありやした」

「藤次郎というのは、猫背で痩せている男か」

隼人は、八丁堀で襲ってきた町人体の男の体軀を話した。

「そうでさァ」

「渋川という男は、大柄の武士ではないか」

「へい」

政吉によると、渋川は賭場に出入りし、用心棒のような立場だったという。そのころから、渋川は金がなくなると辻斬りをしていたそうだ。

……まちがいない。いまも、惣五郎は殺し屋をつづけているのだ。

隼人は確信した。

「もうひとり、年寄りの武士がいるだろう」

隼人が訊いた。これまで、老齢の武士の話は出なかったが、惣五郎の許《もと》にいるはずである。

「年寄りの武士ですかい……」

政吉は首をかしげながら、知りやせん、とつぶやくような声で言った。

どうやら、政吉は老齢の武士のことは知らないようだ。武士が仲間にくわわったのは、ちかごろなのかもしれない。

「ところで、藤次郎と渋川、それに磯造の塒は?」

三人が、安田屋に寝泊まりしているとは思えなかった。

「磯造と藤次郎は、安田屋にいるはずですぜ。……渋川は分からねえ」

政吉は、深川にいるころから、渋川の塒は知らなかったと言い添えた。

「渋川の塒を知っている者は、いないのか」

隼人は、安田屋に踏み込んで惣五郎と藤次郎を捕縛しても、殺しを実行した渋川と老齢の武士に逃げられたのでは何にもならないと思った。

「磯造なら知ってるんじゃァねえかな。……やつが、繋《つな》ぎ役をしてるはずなんでさァ」

「磯造はどんな男だ?」

隼人は磯造を尾行するか、捕らえて口を割らせれば、ふたりの塒がつかめるのではないかと思った。そのためにも、磯造の体軀や年格好などが知りたかったのだ。

「たしか、二十四、五だったな。背はあっしぐれえで、小太りでさァ」

「そうか」

磯造は中背らしい。これだけ知れれば、磯造と分かるだろう。

「政吉、むかしのことは忘れてやる。長屋で、のんびり暮らしな」

そう言って、隼人は腰を上げた。

「あ、ありがとうごぜえやす」

政吉は涙声で言って、額を畳にこすりつけた。

5

五兵衛店は淡い夕闇につつまれていた。

いつの間にか、暮れ六ツ（午後六時）を過ぎたようだ。長屋は賑やかだった。長屋のあちこちから、障子をあけしめする音や流し場で水を使う音にまじって、子供の泣き声、女房の叱り声、亭主のがなり声などが聞こえてくる。

亭主が仕事を終えて帰り、子供たちは遊びから家にもどっている。いまごろが、長屋の一番賑やかなときなのであろう。

「利助、あしたな、繁吉《しげきち》と浅次郎《あさじろう》を豆菊に呼んでくれ」

表通りに出たところで、隼人が言った。

繁吉と浅次郎も、隼人が使っている岡っ引きと下っ引きだった。まだ、手札を渡して間がないが、繁吉は尾行が巧みだった。それに、ふだん船頭をしているので舟を自由に使うことができる。

隼人は繁吉と浅次郎に、磯造の尾行を頼もうと思ったのだ。利助と綾次でもよかったのだが、ふたりは一味に顔を知られているのではないかと危惧していたのだ。下手に尾けまわすと、千次の二の舞いになるかもしれない。

「承知しやした」

利助が言った。

隼人たちは富沢町と長谷川町の町筋を抜け、入堀沿いの通りへ出た。

「利助、ここまでいい。豆菊に帰《けえ》りな」

八丁堀へ行くには堀沿いの道を南にむかい、紺屋町へ行くには北へむかわなければならない。利助が八丁堀まで送ると、かなり遠まわりになるのだ。

「それじゃァ、明日、豆菊で待っていやす」

利助は、ペコリと頭を下げ、隼人から離れていった。

隼人はひとり、堀沿いの道を南へむかった。掘割沿いの道は、夕闇につつまれていた。表店は店仕舞いし、洩れてくる灯《ひ》もなくひっそりとしていた。風で掘割の水面《みなも》にさざ波がたち、汀に寄せてチャプチャプと、幼子の笑い声を思わせるような水音をたてていた。

……だれかいる！

半町ほど先、表店の軒下に人影があった。

夕闇につつまれてはっきりしないが、刀を差していることは分かった。武士であることはまちがいないようだ。

隼人は、かまわず人影に近付いた。もうひとりいる。武士の背後で、分からなかったが、もうひとつ人影があった。こちらは町人らしい。

……おれを襲った渋川と藤次郎か。

と隼人は思ったが、そうではないようだ。武士は、大柄ではなかった。

ゆっくりと、武士が通りへ出てきた。小袖に袴姿で、二刀を帯びていた。手ぬぐいで頬っかむりしている。手ぬぐいの間から覗いている鬢に白髪があった。背もすこしまがっている。

……こやつか！

年寄りの武士は、この男らしい。

老体だが、胸は厚く、腰はどっしりとしていた。老人らしい頼りなさは微塵《みじん》もない。

剣の遣い手にちがいない。

武士は隼人の行く手をふさぐように道のなかほどに立った。一方、樹陰の人影は動かなかった。

隼人は、武士と五間ほどの間合を取って足をとめた。左手で兼定の鍔元をにぎり、鯉口を切った。

「おれに何か用か」

隼人が訊いた。

「立ち合いを所望《しょもう》」

武士が低い声で言った。

「ならば、まず名乗ってもらおうか」

「ゆえあって、名はご容赦いただきたい。それがしは、一刀流を遣う」

「立ち合いなどと、小賢《こざか》しいな。おぬしは、金ずくでおれを斬ろうというのだろう」

「どう言われようと、いたしかたないが、おぬしとは、立ち合いで始末をつけようと思ってな」

　武士の物言いはやわらかだったが、隼人を見つめた双眸は切っ先のようなひかりを宿していた。

「立ち合いと言いながら、ふたりがかりか」

　隼人は樹陰に目をやった。

　ひそんでいる男は、姿をあらわさなかった。樹陰は夕闇にとざされ、男の輪郭さえはっきりしない。

「いや、あの男は立ち合いを見届けるだけだ。手出しはさせぬ」

　武士はそう言うと、右手を柄に添えた。

「やるしかないようだな」

　隼人は兼定を抜いた。

「では、まいる」

　武士も抜いた。

　ふたりの間合はおよそ四間。まだ、斬撃の間からは遠い。

　隼人は青眼。切っ先を武士の目線につけた。

　対する武士も青眼に構えた。ただ、刀身は水平にちかく、切っ先は隼人の胸あたりにつけられていた。低い青眼である。

……この構えから籠手へくるのか！

隼人の脳裏に、甚兵衛と千次の右腕に残っていた刀傷がよぎった。武士が足裏を擦るようにして、すこしずつ間合をつめてきた。切っ先だけが、迫ってくるように見えた。剣尖《けんせん》の威圧のためである。

……できる！

尋常な遣い手ではない、と隼人は察知した。

隼人は身震いした。ただ、恐怖や怯えではない。遣い手と対峙《たいじ》したときの気の昂《たかぶ》りと闘気である。

隼人と武士の間合が、しだいにせばまってきた。ふたりの全身に気勢が満ち、剣気が高まってくる。

隼人は全神経を武士に集中していた。時のとまったような静寂と張りつめた緊張がふたりをつつんでいる。

武士の右足が一足一刀の間境に迫った。

……あと、半歩！

隼人が頭のどこかで感知した瞬間、武士の全身に鋭い剣気がはしった。

イヤアッ！

裂帛《れっぱく》の気合と同時に、武士の体がふくれ上がったように見え、切っ先が稲妻のように隼人の籠手へ伸びてきた。遠間《とおま》から突き込むような籠手である。

刹那《せつな》、隼人は身を引きざま、袈裟へ斬り込んだ。神速の一刀である。

隼人の切っ先は武士の肩先をかすめて空《くう》を切り、武士の切っ先は隼人の籠手をかすかにとらえた。

次の瞬間、武士の切っ先が胸に伸びてきた。

籠手から胸へ。二段突きのような連続技である。

……受けることも、かわすこともできぬ！

と感知した隼人は、咄嗟に身を脇へ倒した。

間一髪、武士の切っ先は、隼人の着物の肩先を切り裂いて空を突いた。

横転した隼人は、地面を転がって斬撃の間から逃れた。

隼人は間を取って跳ね起き、ふたたび青眼に構えた。右の前腕にかすかな疼痛《とうつう》があった。ただ、浅手である。うすく皮肉を裂かれただけだ。戦いには何の支障もない。

「やるな！」

隼人は目を剝いた。

双眸が炯々《けいけい》とひかっている。猛虎《もうこ》のようである。

「よくかわしたな」

武士の物言いは静かだった。表情もおだやかである。隼人にむけられた目だけが、燃えるようにひかっている。

武士はふたたび低い青眼に構えた。

そのときだった。ふいに、隼人の後ろで足音と話し声が聞こえた。酔っているらしい男の濁声《だみごえ》や笑い声だった。数人いるようだ。路地から堀沿いの通りへ出てきたらしい。おい、あそこに人がいるぞ！　斬り合いをしている、ば、番屋へ、知らせろ！　などという声が、つづけざまに聞こえた。隼人たちが刀を手にしているのが、分かったらしい。

ふいに、武士の構えから気魄が消え、体がしぼむようにちいさくなったように見えた。

「邪魔が入ったようだな」

武士は後じさった。

隼人は、立ち合う間はあると思った。男たちの話し声は遠かったのだ。だが、隼人は武士との間合をつめなかった。

「おぬしとは、存分に勝負がしたい」

武士はそう言うと、目を細めた。笑ったのかもしれない。

隼人は刀身を下ろした。隼人の方から仕掛ける気はなかったのだ。

「長月、勝負はあずけた」

そう言い置くと、武士はきびすを返して足早にそこから離れた。樹陰にいた男も駆け出し、武士の後を追った。

隼人は立ったまま遠ざかっていく武士の背を見送っていた。

……助かった。

と、隼人は思った。このままつづけていたら、斬られていたはずである。

6

繁吉と浅次郎は、日本橋川沿いの路傍の樹陰に身を隠していた。ふたりは黒の半纏に股引姿で、手ぬぐいで頬っかむりしていた。船頭のように見える。ふたりは岸際の叢《くさむら》に腰を下ろして川面に目をやり、一服しているような格好をしていた。

そこは、安田屋から半町ほど離れた場所だった。ふたりは安田屋を見張り、磯造が出てくるのを待っていたのだ。

ふたりは磯造の顔を知らなかった。ただ、隼人から磯造の年格好や体軀、それにやくざ者で遊び人ふうの格好をしているにちがいない、と聞いていたので、姿を見れば分かるだろうと思っていた。

「兄い、出てきやせんね」

浅次郎が生欠伸を嚙み殺しながら言った。浅次郎はまだ二十歳前だった。顔には、まだ少年らしさが残っている。

一方、繁吉は三十がらみ、面長で細い目をしていた。船頭で陽に灼《や》けていることもあり、色が浅黒く剽悍そうな面構えをしている。ただ、ふたりとも隼人の手先になって、一年と経っていなかった。

「待つしかねえよ」

繁吉は横目で安田屋の店先を見ながら言った。

七ツ（午後四時）ごろであろうか。まだ、陽射しは強かった。日本橋川の川面が、陽射しを反射て《はね》、キラキラとかがやいている。ときおり荷を積んだ猪牙舟や艀《はしけ》が、水面を揺らして通り過ぎていく。

それから小半刻（三十分）ほどしたときだった。安田屋の店先から、男がひとり出てきた。棒縞《ぼうじま》の小袖を裾高に尻っ端折りし、からっ脛《ぱぎ》をあらわにしていた。肩を揺するようにして歩いてくる。真っ当な男には見えなかった。身辺に荒廃した雰囲気がただよっている。

「磯造かもしれねえぞ」

男は中背で小太りだった。隼人から聞いていたとおりの体軀である。

「どうしやす？」

浅次郎が訊いた。

「尾けてみよう」

繁吉は、男が目の前を通り過ぎるのを見送った。

男が半町ほど先へ行ったとき、繁吉と浅次郎は樹陰から通りへ出た。男は日本橋川沿いの道を上流にむかって歩いていく。

繁吉と浅次郎は、十間ほど離れて男の跡を尾けた。ふたり並んで尾けては、男が振り返ったとき、怪しまれるからである。

男は入堀にかかる荒布橋のたもとで右にまがり、堀沿いの道を北にむかった。

堀沿いの道に入ったところで、繁吉と浅次郎が交替した。浅次郎が前になり、繁吉が後方になったのだ。

前を行く男は大伝馬町《おおでんまちよう》を横切り、鉄砲町へ入っていっとき歩くと、右手にまがった。

細い路地に入ったようだ。

つづいて、前を行く浅次郎も路地へ入った。

繁吉が走った。ふたりの姿が見えなくなったからである。路地にまがる角まで来たとき、板塀に身を張り付けている浅次郎の姿が目に入った。そこは、路地へ入って三軒目の仕舞屋の板塀だった。前方に、男の姿はなかった。

「どうした?」

繁吉が声を殺して訊いた。

「兄い、やつは、この家に……」

浅次郎が声をひそめて指差した。

板塀の路地に面したところに枝折り戸《しおど》があった。男はそこから入ったらしい。

「仲間の隠れ家かもしれねえ」

繁吉は、板塀の隙間からなかを覗いて見た。すぐ前に狭い縁側があり、障子が立ててあった。人がいるらしく、くぐもった話し声が聞こえた。障子の立ててある座敷にいるらしい。男がふたりで、話しているようだ。くぐもった声で、何を話しているか聞きとれなかった。

「ど、どうしやす」

浅次郎が、繁吉に顔を寄せて訊いた。

「もうすこし、待とう」

繁吉は住人が何者なのか知りたかった。話し声でも聞き取れれば、何者なのか判断できるのだが、かすかに声が聞こえるだけで、何をしゃべっているのか、分からない。

そのとき、畳を踏むような音がし、ガラリと障子があいた。

姿を見せたのは、大柄な武士だった。武士は障子の間から顔を突き出し、上空に目をやった。髭が濃く、頤が張っている。いかめしい顔付きの男だった。

……こいつが、渋川だ！

繁吉は察知した。隼人から、渋川は髭が濃く、頤が張っていると聞いていたのだ。

渋川と思われる武士は、座敷の方へ顔をむけると、

「磯造、だいぶ暗くなってきたぞ。……どうだ、そこらで一杯やらんか」

と、声をかけた。すると、座敷で、

「ごちになりやす」

と、返事が聞こえた。

……やはり、磯造だ。

繁吉は思った。磯造は、何か連絡があって渋川の許へ来たのだろう。

渋川は座敷に顔をむけたまま、

「有馬どのは、長月を討ちそんじたようだが、まだ、やる気でいるのか」

と、訊いた。

「へい、やつは、おれが斬る、と腹をくったような顔で言ってやしたぜ。あっしが見たところ、有馬の旦那の方が押してたんでさァ。邪魔が入らなけりゃァ、仕留めたんでしょうがね」

「ならば、長月は有馬どのにまかせるか」

そう言って、渋川は障子をしめた。つづいて、立ち上がるような物音がし、畳を踏む足音がした。ふたりが、出てくるようだ。

「浅次郎、離れるぞ」

繁吉はすぐに板塀の陰から路地へ出た。渋川たちに見つかったら、命はないだろう。浅次郎も慌ててついてきた。

ふたりは、表通りへ出ると小走りになった。そして、路地の角から半町ほど行ったところで、それとなく後ろを振り返って見ると、ちょうど磯造と渋川が通りへ出たところだった。ふたりは、繁吉たちの方へ歩いてくる。

繁吉たちはふだんの歩調になり、いっとき歩いてから左手にあった細い路地へ入った。そして、また小走りになった。一町ほど行ってから振り返ると、磯造たちの姿はなかった。

「き、気付かれずに、済んだようだな」

繁吉が息をはずませながら言った。

「へ、へい……」

浅次郎も荒い息を吐いている。

7

鶴江は眠っていた。安らかな眠りではない。わずかにひらいた口から、悲鳴のようなほそい喘鳴《ぜんめい》が洩れ、不規則な息の音が聞こえてくる。血の気のない唇が震え、ときおり苦痛に顔をしかめている。

有馬は鶴江の枕元に端座し、その寝顔に目をむけていた。薄闇のなかに、鶴江の白蠟のような顔が浮かび上がっている。痩せ衰えた顔は、娘というより老女のようだった。白い肌だけが、生娘《きむすめ》であることを語っている。

……もう長くはない。

有馬は胸の内でつぶやいた。

鶴江の死が迫っていることは、有馬にも分かった。鶴江はここ三日ほど、ほとんど食べ物を口にしていなかった。食べ物を嚥下《えんか》する力が残っていないのであろう。ときおり、有馬が白湯《さゆ》を飲ませてやるだけだった。

厠へ行く体力も気力も失っていた。羞恥心《しゅうちしん》だけは残っているようだったが、鶴江は下《しも》の世話も有馬のなすがままになっていた。身を起こすこともできなくなっていたのだ。


……今夜か、明日か……。

有馬は枕元にいて、鶴江の最期を看取《みと》ってやるつもりだった。

そのとき、喘鳴がやみ、鶴江がほそく目をあけた。薄闇のなかで、黒瞳《こくとう》が何かを探すように動いている。その黒瞳が有馬にむけられてとまった。鶴江の顔に、かすかに安堵《あんど》の表情が浮いた。

枕元に、有馬がいるのが分かったらしい。

「父上……、父上……」

わずかに唇が動き、有馬を呼んだ。

そして、体にかけられた夜具が動き、細い指が畳を這うように伸びてきた。指が有馬を探しているのだ。

「鶴江！」

有馬は鶴江の手を握りしめた。

骨ばった細い指だった。そのくせ、妙に温かい。熱のせいだろう。病に蝕《むしば》まれた体のなかで、最後の命の火を燃やしているのかもしれない。

鶴江はまた目をとじた。父に手を握られて、いくらか心が安らいだのか、顔の表情がいくぶんおだやかになった。それでも、息は乱れていたし、顔や握られた手は小刻みに震えていた。

いっときすると、鶴江の唇がすこしひらき、寝息とも呻きともとれる声が洩れてきた。眠ったのであろうか。意識が混濁して我を失ったのであろうか……。

有馬は座したまま鶴江の手を握りしめていた。それしか方法がなかったのである。

時とともに、座敷の闇が増してきた。すでに、暮れ六ツ（午後六時）は過ぎているはずである。夕餉の支度をせねばならない時間だが、有馬はこの場を離れる気になれなかった。それに、鶴江は食べられないだろうし、有馬も夕餉は摂《と》らなくてもいいと思った。

重い闇がおおいかぶさってくるように、ふたりをつつみ始めている。

どれほどの時が過ぎたのだろうか。いつの間にか、部屋は濃い闇におおわれていた。戸口の腰高障子が月光を映じて、かすかに明らんでいる。そのわずかな月明りで、鶴江の白い顔がぼんやり見えた。

……行灯を点《つ》けるか。

有馬は、暗いままでもかまわなかったが、鶴江に異変が生じたとき、このままでは困るだろうと思ったのだ。

有馬は鶴江の手をそっと離し、立ち上がって座敷の隅にある行灯に火を点《とも》した。明りが闇を部屋の隅に追いやり、鶴江の顔や夜具がはっきりと見えた。白蠟のような顔が、行灯の灯を映じて淡い蜜柑色《みかんいろ》に浮かび上がっている。

有馬は鶴江の枕元にもどって座した。鶴江の顔はおだやかそうに見えた。鶴江は眠っているようだ。有馬は鶴江の顔に視線をやっていたが、しばらくして目をとじた。

有馬はどのくらい目をとじていたのだろうか。鶴江が呻き声を上げているのに気付いて、目をあけた。

鶴江の顔がゆがんでいた。息が荒い。苦悶するように眉宇を寄せ、顎を突き出すようにして、呻き声を上げている。

夜具から出ていた手が、有馬を探すように畳をまさぐっている。

「鶴江！」

有馬は鶴江の手を握り、声をかけた。

鶴江が目をあけた。だが、黒瞳があらぬ方へむけられ、焦点が定まらない。さらに息が荒くなった。ハァ、ハァ、と喘ぐような息遣いである。

ふいに、鶴江が、顎を突き上げるようにして身を反らせた。呻き声が、つまった喉を突き破ろうとでもしているように激しくなった。

鶴江が口をあけ、何か叫ぼうとした。だが、唇が震えただけで、声にならない。

「鶴江……！」

有馬は鶴江の手を離して膝を立てると、鶴江の体に覆いかぶさるようにして夜具に胸を寄せた。咄嗟に、鶴江を抱きしめようとしたのだ。

と、そのとき、鶴江はさらに身を反らせるようにして、グッ、という呻き声を上げ、そのままガックリと首を落とした。

鶴江の息がとまり、顔から表情が消えていく。

「鶴江！　鶴江！」

有馬は鶴江の背に腕を差し入れ、掬《すく》い上げるように上半身を抱きかかえた。

有馬の腕のなかで、鶴江の痩せ衰えた体は力を失い、だらりと首と腕を垂らしていた。それでも、まだ温《ぬく》みがあった。命の余韻が体に残っているのであろう。有馬はその温みを守ろうとするかのように強く抱き締めた。

どのくらいそうしていただろうか。有馬には、まったく時の経過の感覚がなかった。ただ、凝《じっ》と鶴江の体を抱き締めていただけである。

いつの間にか、鶴江の体から温みが消えていた。頬に手を当てると、陶器のように冷たかった。

……鶴江は、母のいる冥途《めいど》に旅立ったのだ。

有馬は自分に言い聞かせた。

鶴江の体を布団に横たえると、寝間着をととのえて目をとじてやった。そして、枕元に置いてあった有馬が買ってやった櫛で髪の毛をとかし、前髪に挿してやった。

「鶴江、似合うぞ」

有馬は声に出して言った。

それから、有馬は鶴江の死体の身支度をととのえ終えると、枕元に十両の金を紙につつんで置いた。さらに、文箱を取り出し、長屋の住人に宛《あ》てて置き手紙をしたためた。

文面は、長屋で世話になった礼と、十両を使って鶴江を弔《とむら》ってほしい、という内容だった。

有馬は手紙を鶴江の枕元に置くと、立ち上がり二刀を腰に帯びた。

外は星空だった。長屋は夜の帳《とばり》につつまれ、洩れてくる灯《ひ》もなく寝静まっている。頭上で、十六夜《いざよい》の月が皓々《こうこう》とかがやいていた。

有馬は戸口で足をとめ、頭上の月を見上げた。黒い雲が、月をかすめて流れていく。有馬は、いま冥途に旅立った鶴江をその雲と重ねてみた。鶴江も、果てしない虚空を旅していくのであろう。

……わしもすぐに後を追うが、すこし待っていてくれ。

有馬は胸の内でつぶやいた。

有馬には、まだやらねばならないことが残っていた。剣客として、勝負を決したい相手がいたのである。

有馬は夜陰のなかをゆっくりと歩きだした。その顔には、剣客らしい凄みと冷徹さがあった。

第五章　襲撃

1

隼人は両国橋を渡ると、大川端を川上にむかった。本所石原町《いしわらちょう》へ行くつもりだった。石原町には、野上孫兵衛《のがみまごべえ》の直心影流の道場がある。

隼人は若いころ直心影流の団野《だんの》道場で学んだが、野上は団野道場の高弟だった男である。野上は十数年前に独立して町道場をひらいたのだ。隼人は野上が道場をひらいてからも、兄弟弟子として親交をつづけていた。

隼人は羽織袴姿で御家人のような格好をしていた。八丁堀の同心と分かる身装《みなり》で来ては、門弟たちの目を引くと思ったからである。

一昨日、隼人は繁吉と浅次郎から、磯造を尾行して渋川の隠れ家をつかんだ経緯を聞いた。そのさい、磯造と渋川の会話から、隼人を待ち伏せた老武士が有馬という名で、さらに隼人を狙っているらしいことも聞いたのだ。

隼人は、野上に有馬のことを訊いてみようと思った。それというのも、野上は江戸の剣壇に明るかったので、有馬ほどの遣い手なら野上が知っているだろうと思ったからである。

道場の近くまで来ると、稽古の音が聞こえてきた。気合、竹刀《しない》を打ち合う音、床を踏む音などが交じりあっている。ただ、ふだんの稽古より静かだった。通常の稽古の後、何人かの門弟が残り稽古をしているのかもしれない。

隼人は戸口に立って、訪《おとな》いを請うた。いっとき待つと、床を踏む音がし、師範代の清国新八郎《きよくにしんぱちろう》が顔を出した。清国は二十代後半、野上道場の高弟で、二年ほど前から師範代として門弟たちに指南するようになったのだ。

野上には妻子がなかった。いずれは清国を養子に迎え、道場の跡を継がせたい肚《はら》があるようだ。

清国の顔には汗が浮いていた。汗で濡れた稽古着から、かすかに湯気がたっている。稽古中だったようだ。

「長月どの、お久しゅうございます」

清国は隼人の顔を見て破顔した。清国も、隼人と野上のかかわりを知っていたのである。

「野上どのは、おられようか」

隼人が訊いた。

「道場に、おられます」

清国は、隼人に道場へ上がるよう勧めた。

「稽古中ではないのか」

隼人は、野上が稽古中ならすこし時間をつぶしてからあらためて道場へ来てもよいと思っていた。

「いえ、残り稽古でしてね。お師匠は、竹刀を納められました」

清国が笑みを浮かべて言った。

「それなら、上がらせてもらおうか」

隼人は框《かまち》から上がり、清国の後に跟《つ》いて道場に入った。

若い門弟が八人、竹刀や木刀を振っていたが、師範座所にいた野上が、

「今日は、これまでにいたせ」

と声をかけると、門弟は竹刀や木刀をおろした。そして、門弟たちは清国や隼人に頭を下げ、道場の隅に置いてあった防具や竹刀などを持って、着替えの間へ引き上げた。

野上は偉丈夫で、胸が厚く、両腕は丸太のように太かった。すでに、五十代半ばで、

鬢《びん》には白髪もあったが、老いた様子は微塵もなかった。身辺には、剣の達人らしい威風がただよっている。

門弟たちが去ると、道場が急に静かになった。道場内には、男の汗の匂いと稽古の後の解放感が残っていた。隼人は道場内に目をやって、笑みを浮かべた。夢中で竹刀や木刀を振っていたころのことが、隼人の胸によぎったのだ。

「長月、どうだ、久し振りで一汗かくか」

野上は、師範座所から道場に下りてきて声をかけた。

「いえ、またにします。……今日は、野上どのにお訊きしたいことがありましてね」

隼人は野上の前に膝を折りながら言った。

清国も道場に残り、野上の後ろに端座した。

「捕物の話か」

野上も膝を折った。

「まァ、そうです」

「仕方がないな。おまえは、八丁堀の同心だからな」

野上は苦笑いを浮かべた。

「有馬という男をご存じですか」

隼人が切り出した。

「有馬な。……それで、直心影流にかかわりのある男か？」

野上は、隼人がわざわざ訪ねてきたので、道場と関係のある男と思ったのかもしれない。

「いえ、有馬という名しか、分からないのです。かなりの老齢ですが、腕は立ちます。わたしも、あやうく斬られるところでした」

隼人は入堀沿いの通りで、立ち合ったときの様子をかいつまんで話した。

「長月が、後れをとるほどの男か」

野上は驚いたような顔をした。

「たしか、一刀流を名乗りました」

「一刀流な……」

野上はいっとき虚空に視線をとめ、記憶をたどるような顔をしていたが、

「有馬八十郎かもしれんぞ。……有馬なら、長月が後れをとっても不思議はない」

と、隼人に目をむけて言った。

「有馬八十郎とは、何者ですか？」

「一刀流の馬淵道場で修行した男だ。……三十年ほどむかしになるかな、小伝馬町に

道場をひらいたときいているぞ」

「道場主ですか」

強いはずだ、と隼人は思った。だが、すぐに、小伝馬町に一刀流の道場はないような気がした。町道場なら、どんなにちいさくても隼人の耳に入っているはずである。

「はっきり覚えてないが、七、八年ほど前になるかな、道場破りに後れをとり評判を落として、道場はつぶれたようだ」

野上が首をひねりながら言った。記憶がはっきりしないのだろう。

三十年むかしに道場をひらいたとなると、かなりの老齢であろう。

「有馬は牢人ですか」

「たしか、有馬には娘御がいると、聞いた覚えがあるが……」

野上が小声で言った。

「娘がいるのか」

妻子がいるとなれば、暮らしをたてるために、辻斬りをしたり金ずくで人を斬ったりするかもしれない。

それから隼人は、渋川のことも訊いてみたが、野上はまったく知らないらしく、首を横に振るばかりだった。

それから小半刻（三十分）ほど、隼人は野上と道場の稽古のことなどを話してから腰を上げた。

清国とともに戸口まで見送りにきた野上は、

「長月、有馬と立ち合う気なのか」

と、声をあらためて訊いた。

「そうなるかもしれません」

隼人は、いずれ有馬と立ち合うことになるのではないかとみていた。

「有馬の初太刀は、籠手にきたと言ったな」

野上がけわしい顔で訊いた。

「はい、籠手から突きや袈裟斬りに変化する剣をよく遣うようです」

隼人が言った。

「敵の出頭《でがしら》をとらえ、籠手には籠手がいいかもしれんな」

野上が虚空に視線をとめてつぶやくような声で言った。野上はひとりの剣客として自分が戦う場合を想定し、どう立ち向かうか考えたようだ。

「籠手には籠手……」

隼人がつぶやいた。

「敵の初太刀の籠手を受けようとしたのでは、敵の術中に嵌《は》まるだけだろう」

「……………」

隼人はいっとき脳裏に有馬の太刀筋を描いていたが、野上の言わんとしていることが分かってきた。敵の出頭をとらえて籠手へ斬り込めば、敵の二の太刀を防ぐことができると言っているのだ。

「かたじけのうございます」

隼人は野上に頭を下げた。

2

隼人は野上道場を出た足で両国橋を渡り、日本橋小伝馬町へむかった。まず、有馬道場があった場所を探し、近所の住人に話を聞いてみようと思ったのだ。

小伝馬町は牢屋敷があることで知られ、一丁目から三丁目まで東西に長くつづいている。小伝馬町に入ってから、表通りにあった老舗らしい瀬戸物屋で訊くと、応対に出たあるじが有馬道場のことを知っていた。道場がつぶれた経緯は、野上が話していた通りだった。

還暦にちかいと思われる老齢のあるじは、

「有馬さまのご新造さんは、病で亡くなりましてね。……その後は、お嬢さまとふたり暮らしでしたよ。……何でも、お嬢さまも労咳をわずらったそうで、有馬さまもご苦労なさったのではないでしょうか」

と、しんみりした口調で言った。

「労咳か。……それで、道場はどうなったのだ」

隼人が訊いた。

「とうのむかしに、人手に渡っております」

「有馬どのは、いまどこにお住まいか分かるかな」

隼人は有馬の住処《すみか》が知りたかった。

「亀井町の長屋だと聞いた覚えがありますが」

亀井町は、小伝馬町三丁目の隣町である。

「何という店《たな》だ?」

「長兵衛《ちょうべえ》店だったと思いますよ」

あるじが言った。隣町なので、噂が耳に入ったのかもしれない。

「手間をとらせたな」

隼人はあるじに礼を言って店を出ると、すぐに亀井町にむかった。

表通りの店に立ち寄って、長兵衛店のことを訊いたが、すぐには分からなかった。それでも、三軒目に立ち寄った下駄屋の親爺《おやじ》が、

「この通りを三町ほど行った先に、呉服屋がありやしてね。その脇の路地を入った先に、長兵衛店はありやす」

と、教えてくれた。

隼人は親爺に言われたとおり行ってみると、細い路地に長屋につづく路地木戸があった。いかにも貧乏長屋といった感じの古い棟割り長屋である。

路地木戸を入った突き当たりに、長屋のちいさな稲荷があった。その稲荷の前で遊んでいた七、八歳ほどと思われる女児《おんなのこ》に有馬の家を訊くと、

「もういないよ。……死んでしまったの」

と、悲しげな顔をして言った。

「有馬どのは、死んだのか」

驚いて、隼人は聞き返した。

「ううん、死んだのは、鶴江さまなの」

「鶴江さま……」

隼人は、有馬といっしょに暮らしている娘御ではないかと思った。瀬戸物屋のある

じが、お嬢さまも労咳をわずらっていたと言っていたのを思い出したのである。

「有馬どのの家は、分かるかな」

隼人は、ともかく有馬の家を見てみようと思った。

「あたし、連れていってあげる」

女児はそう言うと、パタパタと草履《ぞうり》の音をさせて駆けだした。

隼人は女児の後を追った。長屋は二棟あったが、女児は北側の棟のとっつきの部屋の腰高障子の前で足をとめ、

「ここ」

と言って、指差した。

「すまんな」

隼人は女児の頭を撫でてやってから、障子の破れ目からなかを覗いてみた。

人影があった。ふたりいた。長屋の女房らしい。ふたりは襷《たすき》がけに前だれ姿で、夜具を畳んだり枕屏風《びょうぶ》を座敷の隅へ運んだりしていた。隼人には、部屋の掃除をしているように見えた。

隼人は腰高障子をあけた。ふたりの女房は、ギョッとしたように身を硬くし、首だけひねって隼人を見た。その顔が恐怖でこわばった。突然、見ず知らずの武士が入っ

てきたのだから、驚いて当然である。

「だ、だれなの……」

四十がらみの太った女房が、怯えたような声で訊いた。

「いや、すまぬ。驚かせたようだ。おれは、長月という者でな。ここに住む有馬どのの知り合いだ」

隼人は奉行所の同心であることを口にしなかった。もっとも、御家人ふうの格好では、言っても信じてもらえまい。

「あ、有馬さまは、いませんよ」

もうひとりの若い女房が、急に眉宇を寄せて言った。

「戻ってくるのかな」

「それが、分からないんですよ」

太った女房が、急に顔をゆがめ泣きだしそうな顔をした。

すると、若い女房が、

「い、五日前に娘さんが亡くなりましてね。葬式を頼むと書き置きして長屋を出ていってしまったんですよ」

と、涙声で言った。

ふたりの女房が涙ながらに語ったところによると、有馬の娘の鶴江は労咳をわずらい、ここ半年ほどは寝たきりだったという。

そんな病人をかかえ、有馬は男手ひとつで病人の世話から炊事洗濯までしていたそうである。その鶴江が五日前に亡くなり、有馬は枕元に十両もの大金を置き、長屋の者に葬式を依頼して長屋から姿を消してしまったそうだ。

長屋の者は総出で、鶴江を丁重に弔い、回向院《えこういん》の隅に埋葬してやった。そして、いま、だれもいなくなった部屋の掃除をしているところだという。

「あ、有馬さまは……、む、娘さん思いのやさしい人だったんですよ」

洟《はな》をすすり上げながら、太った女房が言った。

「そうなんですよォ……」

若い女房が、顔を両手でおおい、半分泣きながら言い添えた。

「かわいそうなことをしたな」

隼人は、有馬が辻斬りであり、金ずくで甚兵衛を殺したのだと確信した。有馬は娘の薬代が必要だったにちがいない。葬式代の十両も、辻斬りと殺しで得たものであろう。

「ところで、有馬はどこへ行ったか知らぬか」

隼人が訊いた。有馬は、二度とこの長屋にはもどらないような気がした。

「分からないんです」

太った女房が言った。

すると、若い女房が両手で顔をおおったままうなずいた。どうやら、長屋の住人も有馬の行き先は知らないようだ。

……だが、有馬は逃げたわけではない。

と、隼人は思った。

有馬は娘のために、武士としての矜持《きょうじ》まで捨てたのだ。だが、剣客としての魂は残っている。入堀沿いで隼人に勝負をあずけて去ったのは、殺し人としてでなく、ひとりの剣客として隼人と勝負を決したかったからだろう。

……かならず、有馬はおれに勝負を挑んでくる。

と、隼人は確信した。

3

その日、隼人は天野が組屋敷にもどるのを見計らって、天野家へ足をむけた。天野と打ち合わせたいことがあったのである。

隼人が天野家の戸口で訪いを請うと、天野の弟の金之丞《きんのじょう》が顔を出した。

「長月さま、さァ、お上がりになってください」

用件も訊かずに、金之丞は隼人を家へ上げようとした。

金之丞は二十歳、神田高砂町《たかさごちょう》にある直心影流の道場に通っていた。隼人が直心影流の遣い手であることを知っていて、勝手に兄弟子のように思い、顔を合わせると剣術の話をしたがるのだ。

「それより、天野はいるのか」

天野がいないのに、天野家へ上がったら大変である。隠居した天野の父親の欽右衛《きんえ》門《もん》と母親の貞江《さだえ》も話し好きで、三人で隼人に話しかけてくるはずなのだ。受け答えするだけでも、疲れてしまう。

「まだ、御番所（奉行所）から、帰りません」

「まだか」

「はい、兄が帰るまで、お上がりになっていてください」

金之丞は、何とか隼人を家に上げようとした。

「いや、急用でな。御番所へ行ってみよう」

そう言って、戸口から出ようとすると、背後で足音がした。

「兄上です」

金之丞が声を上げた。

振り返ると、天野が小者の与之助を連れ、木戸門から入ってくるところだった。

すぐに、隼人は戸口から出た。そのまま、天野を外へ連れ出して話そうと思ったのである。

「長月さん、何か?」

天野は驚いたような顔をして訊いた。

「いや、話があってな」

隼人は天野に身を寄せて、外で話そう、と小声で言った。

天野は家人に聞かれたくない大事な話と思ったようで、

「分かりました」

と言って、与之助に家で待つように指示して、そのまま通りへ出た。

ふたりは、組屋敷のつづく通りを抜けて亀島河岸まで来てから、

「甚兵衛や千次を斬った一味が知れたよ」

隼人が、切り出した。

「さすが、長月さん、手が早い」

天野が感嘆したような声で言った。

ふたりは、亀島河岸を日本橋川の方へむかって歩いた。陽は家並のむこうに沈み、西の空には残照がひろがっていた。亀島川の川面が西陽を映じて鴇色に染まり、波の起伏に合わせて揺れている。

「頭目《とうもく》は布袋の惣五郎と呼ばれ、深川の賭場で貸元《かしもと》をしていた男だ」

隼人は河岸を歩きながら、惣五郎のこれまでの悪事や金ずくで殺しを請け負っていたことなどを話した。

亀島川は米河岸や魚河岸のある日本橋川に通じているので、荷を積んだ猪牙舟や艀《はしけ》が多かった。舟が通るたびに波が立ち、鴇色に染まった水面を掻《か》き乱していく。

「すると、甚兵衛殺しを依頼したのは、黒崎屋の市蔵ですか」

天野が足をとめて訊いた。

「まず、まちがいない」

隼人も足をとめた。

推測だけで、確かな証《あかし》はなかった。ただ、状況を考えれば、まちがいないだろう。番頭の峰蔵は、たまたま甚兵衛といっしょにいたために殺されたにちがいない。

「玄六殺しの方は、坂田屋の六右衛門ですか」

「そうだろうな」

断定はできなかったが、ほぼ間違いないだろう、と隼人は思った。

六右衛門は、娘のお菊をもてあそんだ揚げ句、身投げにまで追いつめた玄六に、強い憎しみを抱いたはずである。大金を出してでも、玄六を殺したかったであろう。

「千次は、口封じのために？」

「そうなるな」

「卑劣なやつらだ」

天野の顔に憎悪の色が浮いた。

隼人は、いっとき亀島川の川面に視線をとめていたが、

「殺し役は三人だ」

と言って、渋川七之助、藤次郎、有馬八十郎の名を挙げ、

「まず、渋川を始末したい」

と、重い声で言い足した。

「捕方《とりかた》を出しますよ」

「いや、いい。渋川はおれが斬る」

繁吉たちが渋川の塒をつきとめてから、さらに鉄砲町で聞き込み、渋川が御家人ら

しいことをつかんだ。渋川は放蕩《ほうとう》な暮らしをつづけ、家にはほとんど帰らないつぶれ御家人らしかった。それでも、御家人となれば迂闊《うかつ》に捕縛できないし、渋川は腕が立つので捕縛しようとすれば、捕方から大勢の犠牲者が出るはずである。

隼人はそのことを話し、

「手に余ったことにして、おれが斬るつもりなのだ」

と、言い添えた。

「わたしは、何をしますか?」

天野が訊いた。

「安田屋に踏み込み、頭の惣五郎、それに手下のふたりを捕ってくれ」

隼人は、藤次郎と磯造の名を挙げた。

「心得ました」

天野が目をひからせて言った。一味の頭とふたりの手下を捕らえれば、大変な手柄になるだろう。

「ただ、渋川を斬ってからだ」

そう言って、隼人は踵《きびす》を返し、組屋敷のある方へゆっくりと歩きだした。天野も肩を並べて歩いた。

「黒崎屋の市蔵と、坂田屋の六右衛門はどうします」

歩きながら、天野が訊いた。

「惣五郎たちを吐かせてからだな」

まだ、殺しを依頼したという証がなかった。惣五郎たちが吐けば、市蔵と六右衛門もお縄にできるはずある。

「もうひとり、有馬八十郎がいますね」

天野が言った。

「有馬の居所だけが、分からねえんだ」

「有馬は惣五郎たちが捕らえられたことを知って、江戸から逃走するようなことはありませんか」

「それはない。有馬は近いうちに姿をあらわすはずだ」

隼人は、はっきりと言った。有馬は逃げるような男ではないと確信していたのだ。

天野はそれ以上訊かなかった。顔をひきしめ、暮色に染まり始めた亀島川に目をやりながら歩いた。

4

南町奉行所を出た隼人は、天野を連れて鉄砲町にむかった。渋川を斬るつもりだった。天野を同行したのは、巡視のおりに下手人をみつけ、捕縛しようとしたが、抵抗されたのでやむなく斬ったことにするためである。

ただ、隼人は渋川との戦いに、天野を立ち会わせる気はなかった。万一、隼人が後れをとるようなことになれば、かならず天野は渋川に立ち向かうはずだ。隼人は、天野まで渋川に斬らせたくなかったのである。

表通りから細い路地へ入ってすぐ、隼人は足をとめ、

「あの板塀をめぐらせた家だ」

と言って、指差した。

路地の角から三軒目の仕舞屋である。すでに、隼人は繁吉たちとこの場に来て、渋川の隠れ家を確認してあったのだ。

「渋川は、いますか？」

「いるはずだ」

これも聞き込みで分かったことだが、渋川は陽が沈むころに家を出て、夜更《よふけ》に帰っ

てくることが多いようだった。賭場や飲み屋などに出かけるらしいが、惣五郎たちと会って殺しの話をすることもあるのだろう。

陽は西の空にまわっていたが、まだ陽射しは強かった。八ツ半（午後三時）ごろであろうか。

隼人と天野は、板塀の陰に身を寄せた。耳を澄ますと、家のなかから物音が聞こえてきた。床を踏む音や障子をあけしめする音である。

「いるようだ」

隼人が小声で言った。

「どうします？」

「天野は、ここにいてくれ。邪魔が入るようなら、とめてもらいたい」

「分かりました」

「おれが、後れをとるようなことがあれば、天野はただちに八丁堀にもどり、捕方を集めて渋川を捕ってくれ」

天野が単独で渋川に挑まないよう念を押したのだ。

天野は隼人を見つめてうなずいた。けわしい顔である。

「なに、渋川はかならず仕留める」

隼人はそう言い置いて、枝折り戸から敷地内に入った。

戸口の脇に、雑草におおわれた空き地があった。隼人は足音を忍ばせて、空き地へまわった。そこは庭として造られたらしく、隅に松と梅が植えてあった。ただ、いまは庭とはいえないような荒れ地である。足場もそれほどよくなかった。

……だが、ここしかない。

路地で立ち合うわけにはいかなかった。足場は悪いが、ここでやるしかない、と隼人は肚を決めた。

隼人は空き地のなかほどに立った。正面が濡縁《ぬれえん》になっていて、その先が座敷になっているらしく、障子がたててあった。そこに渋川はいるらしく、かすかに衣擦《きぬず》れの音や畳を踏む音などが聞こえた。

「渋川七之助、姿を見せろ！」

隼人が声を上げた。

すると、物音がやんだ。渋川は動きをとめて外の気配をうかがっているようだ。座敷を静寂がつつんでいる。

「姿を見せねば、踏み込むぞ！」

さらに、隼人が声をかけると、人の動く気配がした。

ガラリ、と障子があいた。姿を見せたのは、大柄な武士である。髭が濃く、顋が張っている。武辺者らしいいかめしい面構えだった。渋川である。

「長月か」

渋川が隼人を見すえて言った。手に大刀をひっ提げていた。刀を手にしてから、姿を見せたようである。

「渋川、久し振りだな」

八丁堀で、襲われたとき以来である。

「ひとりか。捕方はどうした」

渋川はすばやく周囲に目をくばった。

「うぬを始末するのに、助太刀《すけだち》はいらぬ」

「おれと立ち合うつもりか」

「いかにも」

隼人はすばやく羽織を脱いで叢《くさむら》の上に置くと、袴の股だちを取った。

「おもしろい。ここで、決着をつけてやる」

渋川も股だちを取ると、手にした大刀を腰に差した。

隼人は足場を確かめながら、後じさった。立ち合いの場を確保するためである。雑草は膝丈ほどもあった。ただ、蔓草《つるくさ》や棘《とげ》のある草はなかったので、それほどの支障はないかもしれない。

渋川は縁先から庭に下りた。油断なく、隼人の動きに目をくばっている。

ふたりは、およそ五間ほどの間合を取って対峙した。西陽が隼人の左手から射していた。お互い、陽射しが邪魔になることはないようだ。

「渋川、幕臣でありながら、無頼な所業はなにゆえだ」

隼人が訊いた。微禄とはいえ、渋川は御家人である。

「わずかな扶持《ふち》では、食うだけでやっとだ。……おれは、酒も女も好きだからな」

渋川がうそぶくように言った。

「やはり、斬るしかないようだな」

隼人は抜刀した。

刀身が西陽を反射《はね》て、ギラッとひかった。

渋川も抜いた。

隼人は青眼に構えた。切っ先を渋川の目線につけている。

対する渋川は、八丁堀で対戦したときと同じ八相だった。刀身を垂直に立てた大きな構えである。

ふたりは対峙したまま動かなかった。ふたりの刀身が西陽を反射てひかり、長い影が家の縁先に伸びている。

5

「行くぞ！」

渋川が、すこしずつ間合をつめ始めた。爪先で叢を分けながら、身を寄せてくる。全身に気勢が満ち、巨軀がさらに大きく見えた。巨岩が迫ってくるような迫力がある。

隼人は動かなかった。気を鎮めて、渋川の全身に目をむけていた。敵の切っ先にとらわれず、遠方の山を眺めるように見る遠山《えんざん》の目付《めつけ》である。こうすると、敵の構えや動きにとらわれず、斬撃の起こりをとらえやすくなるのだ。

ズッ、ズッ、と爪先が叢を分け、渋川が間合をつめてくる。ふたりの気勢はさらに高まり、痺れるような剣気が放射された。剣の磁場が辺りをつつみ、音が消え、時のとまったような感覚にとらわれる。

ふいに、渋川の寄り身がとまった。一足一刀の間境の手前である。

……この間合から仕掛けてくる！

隼人は、頭のどこかで感知していた。

渋川は全身に気勢を込め、斬撃の気配を見せて隼人を攻めた。気攻《きぜ》めである。気で攻め、隼人の構えがくずれた瞬間をとらえようとしているのだ。

だが、隼人の構えは微動だにしなかった。切っ先を敵の目線につけたまま静止している。

息詰まるような数瞬が過ぎた。

剣気が極度に高まった。

ズッ、と渋川の爪先が前に出た。

刹那、斬撃の気がはしり、渋川の体がふくれ上がったように見えた。

タアッ！

裂帛の気合と同時に、渋川の体が躍動した。

八相から袈裟へ。稲妻のような斬撃である。

間髪を入れず、隼人も斬り込んでいた。

青眼から袈裟へ。

袈裟と袈裟。二筋の閃光が、眼前で合致した。

キーン、という甲高い金属音がひびき、金気が流れ、ふたりの刀身がはじき合った。

次の瞬間、ふたりは背後に跳んだ。身を引きざま、ふたりは二の太刀を放った。一瞬の反応である。

　ふたりとも籠手へ斬り込んだ。お互いの切っ先が、かすかに相手の手の甲をかすめたが、空を切って流れた。

　ここまでの動きは、ほぼ互角だった。だが、二の太刀を放って後ろへ跳んだ瞬間、渋川の体勢がわずかにくずれた。

　この一瞬の隙を隼人は見逃さなかった。

　トオッ！

　鋭い気合を発しざま、斬り込んだ。

　振りかぶりざま、真《ま》っ向《こう》へ。神速の太刀捌きだった。

　オオッ！

　声を上げ、渋川が刀身を振り上げた。隼人の斬撃を受けようとしたのだが、一瞬間に合わなかった。

　隼人の切っ先が、渋川の頭部をとらえた。

　渋川の顔がゆがんだように見えた瞬間、頭頂から血が噴いた。

　だが、頭を割るような斬撃ではなかった。渋川が振り上げた刀身が、隼人の斬撃の威力を奪ったからである。

渋川が反射的に後ろへ跳んで間合を取った。噴血が額から鼻筋へ流れ出て、赤い布をひろげていくように顔を染めていく。

「お、おのれ！」

渋川の顔が憤怒にひき攣《つ》った。

目がつり上がり、ひらいた口から噛み締めた歯が見えた。赭黒く血に染まった顔は、まさに閻魔《えんま》のようである。

渋川はふたたび八相に構えると、血を撒き散らしながら間合をつめてきた。気攻めで相手の構えをくずすこともせず、一気に斬撃の間境に迫った。

オオリャッ！

獣の咆哮《ほうこう》のような甲高い気合を発し、渋川が斬り込んできた。

八相から袈裟へ。捨て身の斬撃だが、迅さと鋭さがない。

隼人は青眼から刀身を払って、渋川の斬撃をはじいた。

はじかれた渋川の切っ先は空を切って流れ、勢い余った渋川は、たたらを踏むように泳いだ。

そこへ、隼人が踏み込み、首筋を狙って袈裟に斬り下ろした。

渋川の首筋の肉が裂け、血飛沫《ちしぶき》が飛び散った。隼人の切っ先が渋川の首の血管《ちくだ》を斬ったのだ。

　渋川は血を撒きながらよろめき、雑草の株に足をとられて前につんのめるように転倒した。渋川は叢に仰向けに倒れ、起き上がろうとして両手を動かしたが、すぐにぐったりとなった。渋川の首筋から流れ出た血が叢のなかに落ち、虫でも這っているような音をたてている。

　……終わったな。

　隼人は目をとじ、血刀をひっ提げたまま大きく息を吐いた。そうやって、昂《たかぶ》った気持ちを鎮めると、血振《ちぶ》り（刀身を振って血を切る）をくれ、兼定を納刀した。

　そのとき、背後から走り寄ってくる足音がした。振り返ると、天野が興奮した面持ちで、駆け寄ってくる。

「な、長月さん、お見事です！」

　天野が声をつまらせて言った。

「なかなかの遣い手だった」

　一歩間違えば、叢に横たわっているのは自分であったかもしれない、と隼人は思った。

　天野が横たわっている渋川に目をやりながら、

「どうします、この男を」

と、訊いた。

「外からも、見えるな」

板塀の内側だが、覗き込めば倒れている死体が路地から見える。明日までは、渋川が殺されたことは伏せておきたかった。

「家のなかへ運んでおきましょうか」

「そうしよう」

ふたりは、渋川の死体を家のなかへ運び込んだ。

「長居は無用。すぐに、惣五郎たちの捕縛に取りかかろう」

隼人が言った。

渋川を討ち次第、日を置かずに安田屋に踏み込んで、惣五郎や藤次郎たちを捕縛することになっていた。ただ、安田屋は料理屋だったので、夕暮れ時は、客がいるのでまずかった。明日の早朝ということになろうか。それでも、今日のうちから動いて捕方を集めておく必要があった。

「天野、行くぞ」

隼人は枝折り戸から路地へ出た。

「心得ました」

天野が急ぎ足で跟《つ》いてくる。

路地に人影はなかった。静かである。暮れ六ツ（午後六時）ちかくであろうか。陽は家並の向こうに沈み、物陰には淡い夕闇が忍び寄っている。

隼人と天野は、八丁堀にむかって急いだ。

第六章　雷鳴

1

八丁堀、南茅場町。日本橋川沿いの通りに面した大番屋の前に、ひとり、ふたりと岡っ引きや下っ引きが集まってきた。

八丁堀同心の姿もあった。天野と加瀬《かせ》である。加瀬は南町奉行所の臨時廻り同心である。

天野たちは、これから対岸の小網町へ出かけ、惣五郎たちを捕縛するつもりだった。ただ、ふたりは、捕物出役装束《しょうぞく》ではなかった。いつもと変わらず、黄八丈の小袖を着流し、巻き羽織という格好で来ていた。巡視の途中で下手人を見つけ、その場で取り押さえたことにしたかったのである。集まっている岡っ引きや下っ引きも、ふだんと変わりない格好だった。

そろそろ、明け六ツ（午前六時）になろうか。東の空は陽の色に染まり、頭上の空も青みを増していた。朝の早い豆腐屋やぼてふりの家などは起き出したらしく、遠近《おちこち》から戸をあけしめする音が聞こえてくる。

「長月どのは、来るのか」

加瀬が天野に訊いた。加瀬は四十がらみ、隼人より年長である。

「はい、そろそろ見えられるはずです」

隼人は天野に、捕物はふたりにまかせるが、念のためにおれも行く、と言っていたのだ。

そんな話をしているところへ、隼人が姿を見せた。隼人は羽織袴姿で二刀を帯びていた。八丁堀同心の格好をしてこなかったのは、捕物にくわわるつもりがなかったからだ。

「そろったようだな」

隼人は、集まっている男たちに目をやって言った。

十数人の捕方が集まっていた。そのなかには、利助と繁吉の姿もあった。隼人が利助たちにも捕物にくわわるよう話しておいたのだ。ただ、綾次と浅次郎の姿はなかった。隼人はふたりが捕物にくわわるのはまだ早いと判断し、家に残るよう指示したからである。

利助たちは隼人と目を合わせると、ちいさく頭を下げた。顔が紅潮している。いよいよ惣五郎たちの捕縛ということで、気が昂っているらしい。

「行くぞ」

天野が捕方たちに声をかけた。

捕方は二隊に分かれた。天野隊と加瀬隊である。二隊は鎧ノ渡しにむかった。桟橋から舟で、対岸へ移るのである。二隊の後方に隼人がつくと、利助と繁吉は隼人のそばに来た。状況を見て、利助たちもどちらかの隊にくわわるはずである。

すでに、三艘の猪牙舟が用意してあり、捕方たちは分乗して日本橋川を渡った。隼人は繁吉の漕ぐ舟に乗り、小網町へむかった。

対岸の川沿いの表店は、まだ大戸をしめていた。通りには人影もなく、ひっそりとしていた。どこからか、遠くで豆腐売りの声が聞こえた。あちこちから、引き戸をあける音が聞こえてくる。町が動き出したのである。

まだ、安田屋は表戸がしまっていた。店のなかから、物音ひとつ聞こえてこない。料理屋は夜が遅いため、惣五郎や住込みの奉公人は眠っているのだろう。

「裏手へまわるぞ」

加瀬が声をかけた。

加瀬隊が安田屋の裏手から、天野隊が正面から店に入ることになっていたのだ。加瀬の声で、七、八人の捕方が、店の脇のくぐり戸から裏手へまわった。

隼人は店先からすこし離れ、道を隔てた日本橋川の岸辺に立った。そこから、天野たちの動きをみようと思ったのである。

「旦那、あっしらはどう動きやしょう？」

利助が意気込んで訊いた。

「ふたりは、天野にしたがってくれ」

惣五郎と藤次郎は、騒ぎを聞きつけて戸口へ姿を見せるだろう。捕方が動くのは、その後である。

「旦那、行きやす」

そう言い残し、利助が戸口へ走った。繁吉がつづく。

隼人は動かなかった。苦笑いを浮かべて、利助と繁吉の背を見送った。

天野は安田屋の戸口にいた。八人の捕方が集まっている。いずれも、目をひからせ十手や捕り縄を手にしていた。

「旦那、戸があきませんぜ」

亀次《かめじ》という年配の岡っ引きが、格子戸に手をかけて言った。心張り棒でもかってあるのだろう。

「かまわん。戸をたたいて、家の者を起こせ」

天野が言った。どうせ、住人を起こすことになるのである。それに、いくら朝が遅いといっても、朝餉《あさげ》の支度をする者がいるだろう。

「へい」

と応え、亀次が、起きろ！　だれかいねえかい、と声をかけながら、格子戸をたたいた。

いっときすると、廊下をせわしそうに歩く足音がし、はい、はい、どなたです、というしゃがれた声が聞こえた。年寄りの声である。下働きの助七であろうか。

「ど、どなたさまで？」

戸口の向こうで、声が聞こえた。戸をあける前に、だれなのか、確かめるつもりらしい。

「亀次ってえ者《もん》だ。戸口に妙な物が置いてあるんでな、見てもらおうと思ったのよ」

亀次は、もっともらしい嘘を口にした。

すぐに、何かを外すような音がし、

「妙な物って、何です？」

という声といっしょに、戸があいた。

年寄りだった。助七らしい。横皺の多い猿《さる》のような顔だった。男は戸口に集まっている捕方たちの姿を見て、驚愕に目を剝いた。

「助七か」

天野が訊いた。すでに、天野は安田屋に助七という下働きがいることを、隼人から聞いていたのである。

「へ、へい……」

助七は、まるで瘧慄《おこりぶる》いのように身を顫わせた。天野の姿を見て、八丁堀の同心と分かったようだ。

「惣五郎はいるな」

天野が強い口調で訊いた。

「……おりやす」

助七が怯えたような目を天野にむけた。

「よし、助七、命が惜しかったら、台所の隅にでも隠れていろ」

天野は、助七まで捕らえるつもりはなかった。

助七は後じさりし、土間の先の板敷の間へ上がると、バタバタと足音をひびかせて裏手へ逃れた。

「踏み込め！」

天野が声を上げると、戸口にいた捕方たちが、いっせいに土間へ踏み込んだ。

土間の先は狭い板敷の間になっていた。正面に奥へつづく廊下があり、左手が帳場、右手に二階へ上がる階段がある。

2

「あるじは、いるか！」

上がり框《かんばし》の前に立って、天野が声をかけた。

奥で、甲走った声や畳を踏むような音が聞こえ、いっときすると廊下を足早に歩く音が聞こえた。

「な、なんです、朝から、騒々しい」

恰幅のいい男が、廊下へあらわれた。

男は寝間着の上に慌てて羽織ったらしい羽織の紐《ひも》を結びながら、板敷の間へ出てきた。肥満体で大きな腹をしていた。頬がふっくらし、赤みを帯びている。福耳である。

惣五郎らしい。

男は土間に立っている天野や捕方たちの姿を見て、ギョッとしたように立ちすくんだ。驚愕と恐怖に目を剝き、言葉を失っていたが、すぐに目を細めて口元に笑みを浮かべた。咄嗟に、感情を抑え込んだらしい。

「こ、これは、八丁堀の旦那。朝から、何事でございますか」

男は腰をかがめ、揉み手をしながら言った。

「あるじの惣五郎か」

天野は念のために訊いた。

「はい、惣五郎でございます」

そう答えたとき、廊下の方で慌ただしい足音がし、町人体の男がふたり姿を見せた。ふたりとも剽悍そうな男だった。痩身で、すこし猫背なのが藤次郎で、小太りの男が磯造である。

天野は、隼人や安田屋を探らせた岡っ引きなどから藤次郎と磯造の体軀を聞いていたので、すぐにそれと分かった。

「惣五郎！　おまえを、船村屋甚兵衛、玄六、千次らの殺しの咎《とが》で召し捕る。神妙に縛《ばく》に就けい！」

天野が惣五郎に十手を突き付けて言った。

「め、滅相《めっそう》もございません、殺しなどと……。てまえは御覧のとおり、料理屋のあるじでございます」

惣五郎が声を震わせて言った。

すると、後ろにいた藤次郎が、

「八丁堀の旦那、何かのまちがいですぜ。うちの旦那は殺生《せっしょう》が嫌《きれ》えで、虫も殺さねえお人でさァ」

と、もっともらしい顔をして言った。

「言い分があれば、番屋で聞こう」

天野が、それ、と言って、十手を振った。

すると、土間にいた捕方たちが、いっせいに動き、惣五郎たちを取りかこむようにまわり込んだ。

御用！

御用！

捕方たちは声を上げ、十手を突きだした。

「ちくしょう！　てめえたちに、捕まるか」

叫びざま、藤次郎がふところから匕首を取り出した。すると、磯造もふところの匕首を手にした。

ふたりとも血走った目をし、すこし背を丸めるようにして身構えた。獲物に飛びかかる寸前の野犬のような雰囲気がある。

ふたりの後ろに、惣五郎がまわり込み、

「ひとり残らず、殺しちまえ！」

と目をつり上げて、怒声を上げた。

だが、捕方たちは怯《ひる》まなかった。相手が匕首を手にして抵抗することは、予想していたのである。

それに、裏手にまわった加瀬隊の捕方たちが、表の声を耳にして廊下に姿をあらわしたのだ。前後で、挟み撃ちにできるのだ。

「三人とも、捕れ！」

天野が声を上げた。

その声で、惣五郎の左手にいた繁吉と、藤次郎の右手にいた大柄な捕方が同時に仕掛けた。

「神妙にしやがれ！」

叫びざま、繁吉が十手を振り上げて殴りかかった。

ギャッ！　と絶叫して、惣五郎がのけ反った。繁吉がふるった十手が、惣五郎の盆《ぼん》の窪《くぼ》を強打したのだ。つづいて、利助が惣五郎に飛び付き、足をかけて押し倒した。

一方、藤次郎は殴りかかってきた捕方の十手を匕首ではじき、

「どきゃァがれ！」

と叫びざま、肩先で捕方の胸を突き飛ばした。敏捷な動きである。

捕方が後ろへよろめき、床に尻餅をついた。

藤次郎は前があいたのを見て、土間から表へ飛びだした。

「逃がすな！　捕れ」

天野が声を上げると、そばにいた捕方三人が、藤次郎を追った。


このとき、隼人は日本橋川の岸辺から安田屋の戸口の方へ歩み寄っていた。店内の声から、天野たちが惣五郎たちを捕縛しようとしていることが分かったからだ。

……逃げてくるやつが、いるかもしれねえ。

隼人は、念のために戸口をかためるつもりだった。

と、戸口から飛び出してくる人影が見えた。匕首を手にしている。すこし前屈みの格好で、飛び出してきた。野犬を思わせるような素早さである。

……藤次郎だ！

察知した隼人は、素早い身のこなしで藤次郎の前にまわり込んだ。左手で兼定の鯉口を切り、右手を柄に添えている。

「てめえは、長月！」

藤次郎が足をとめて叫んだ。

「逃がさねえぜ」

隼人は抜刀した。

「ちくしょう！」

藤次郎がひき攣ったような顔をして、飛びかかってきた。

間髪をいれず、隼人は刀身を横に払った。

甲高い金属音とともに、藤次郎の匕首が虚空に飛んだ。隼人の一撃が、匕首を撥ね上げたのである。

隼人の動きは、それでとまらなかった。流れるような体捌きで反転しざま、兼定の刀身を峰に返して横一文字にふるった。一瞬の峰打ちである。

ドスッ、というにぶい音がし、藤次郎の上体が前にかしいだ。隼人の刀身が、藤次郎の腹部に食い込んでいる。

藤次郎は低い呻き声を上げ、よろよろと前に泳いだが、すぐに足がとまった。そして、膝を折り、腹を押さえて地面にうずくまった。藤次郎は逃げようとしなかった。肋骨が折れたのかもしれない。

そこへ、三人の捕方が駆け寄ってきた。

「縄をかけろ！」

隼人が指示した。

三人の捕方は藤次郎の肩を押さえ、両腕を後ろに取って早縄をかけた。

それからいっときして、天野と加瀬が捕方をともなって店から出てきた。惣五郎と磯造は縄をかけられている。

「三人とも捕れたな」

隼人が声をかけると、

「長月さんのお蔭ですよ」

天野が、ほっとしたような顔をして言った。

「引き上げるか」

隼人は東の空へ目をやった。

朝日が家並の上に顔を出していた。安田屋の戸口も、淡い蜜柑色に染まっている。

日本橋川沿いの通りには、ちらほら人影があった。朝の早いぼてふりや出職の職人たちである。

「引っ立てろ！」

天野が声を上げた。

3

「綾次も、すこしならいいだろう」

隼人は銚子を取って、脇に座している綾次の方へむけた。

このところ利助は酒を飲むようになったが、若い綾次は、あっしは酒よりめしの方がいいんでさァ、そう言って、ほとんど酒は飲まなかったのだ。

「それじゃァ、すこしだけ」

綾次は両手で猪口を持って、おずおずと隼人の前に差し出した。

隼人は綾次の猪口に酒をついでやりながら、

「おめえたちのお蔭で、片が付いたぜ」

と、集まった男たちに目をやって言った。

そこは、豆菊の奥の座敷だった。隼人、八吉、利助、綾次、繁吉、浅次郎の六人が集まっていた。

隼人や天野たちが安田屋に踏み込み、惣五郎たち三人を捕縛して、半月ほど過ぎていた。隼人は手先たちの慰労も兼ねて久し振りに豆菊で一杯やろうと思い、繁吉と浅次郎も豆菊に呼んだのである。


「ところで、旦那、市蔵と六右衛門はどうしやした？」

八吉が訊いた。

市蔵と六右衛門が、惣五郎に殺しを依頼したとみられていた。殺し屋たちは捕らえられたが、殺しを依頼した者たちがどうなったか、まだ八吉は知らなかったのだ。

「惣五郎と磯造が、何もかも吐いたよ。市蔵と六右衛門が殺しを頼んだことも、はっきりした」

惣五郎と磯造を吟味したのは、吟味方与力《よりき》の草間《くさま》源吾《げんご》だった。むろん、隼人や天野が与力に惣五郎たちの罪状を話し、さらに草間に代わって吟味したこともあった。

捕縛した惣五郎、藤次郎、磯造の三人は、なかなか口をひらかなかった。やっと、吐いたのは磯造だった。隼人がこれまでつかんだ証拠をつきつけ、拷問を仄《ほの》めかすと、磯造は観念してしゃべり出したのだ。

磯造が口を割ったことを知った惣五郎も、渋々話しだした。最後まで、口をひらかなかったのは藤次郎だった。何を訊いても知らぬ存ぜぬで、押し通したのである。だが、隼人は藤次郎も近いうちに自白するとみていた。惣五郎と磯造がしゃべってしまえば、藤次郎がしらを切ってもどうにもならないのだ。

「睨んだとおり、惣五郎が殺し屋の元締めだ」

惣五郎と磯造が吐いたところによると、惣五郎は深川で賭場の貸元をしていたおも、客から依頼されると金ずくで人殺しを引き受けていたという。ただ、当時は、それほど殺しに乗り気ではなく、渋川や藤次郎に頼んで、わずかな上前をはねるだけだった。

ところが、賭場に町方の手が入り、縄張にしていた深川からも逃げねばならなくなり、安田屋に身を隠すことになった。そこで、本腰を入れたのが、殺し屋である。

惣五郎は依頼人が来るのを待つのではなく、積極的に殺しの依頼人を探した。世間の噂や店に来る客の話などから、相手を殺したいほど憎んでいるのではないかと知ると、まずふところ具合を調べ、金を出しそうだと分かると、自分からひそかに殺しの話を持ちかけたという。

隼人がそのことを話すと、

「それじゃァ、惣五郎が市蔵と六右衛門に殺しの話を持ちかけたんですかい」

八吉が訊いた。

「まァ、そうだ。市蔵は五百両で、甚兵衛殺しを頼んだそうだ」

「ご、五百両!」

八吉が声を上げた。大金である。利助たち四人も、驚いたような顔をして視線を隼人にむけた。

「市蔵にしてみれば、高くはなかったのかもしれんな。長年の商売敵を始末し、今後商いがひろがれば、五百両の金はすぐ取り返せると踏んだのだろうよ」

五日前、市蔵は天野の手で捕縛されていた。惣五郎と磯造の自白で、市蔵が殺しを依頼したことがはっきりしたからである。

「旦那、六右衛門は、いくら払ったんで?」

今度は、利助が訊いた。

「三百両らしい。……それだけ、玄六に対する恨みが強かったんだろうな」

隼人が顔を曇らせて言った。

「娘の敵をとったのはいいが、六右衛門もあの世に行くことになっちまいやしたね」

利助が視線を落とし、しんみりした口調で言った。

十日ほど前、六右衛門は大川へ身を投げて自殺していたのだ。坂田屋の奉公人や近所の者は、娘の後を追ったのだろうと噂した。おそらく、六右衛門は惣五郎たちが捕らえられたことを知り、自分が殺しを依頼したことが知れると思い、町方のお縄を受ける前に自殺したのであろう。

　六右衛門の心の内は分からないが、殺しを惣五郎に頼んだときから、死ぬ覚悟はできていたのかもしれない。

「惣五郎たちは、死罪でしょうね」

　八吉が、隼人の猪口に酒をつぎながら言った。

「まァ、そうだろうな」

　惣五郎、藤次郎、磯造の三人は、まちがいなく死罪であろう。隼人は市蔵も死罪だろうとみていた。奉行の判断にもよるが、殺しの依頼も同罪だと思うし、甚兵衛と峰蔵のふたりが殺されているのである。

　それからいっとき、六人はおしゃべりをしながら酒を飲んでいたが、座が静まったとき、

「まだ、ひとり残っていやすね」

　と、八吉がぽつりと言った。

「有馬八十郎か」

隼人の猪口を持った手が口の前でとまった。

隼人の胸には、常に有馬のことがあった。有馬が残っている以上、まだ事件の決着はついていないのである。

「旦那、有馬は江戸から逃げちまったかもしれませんぜ」

利助が言った。

綾次、繁吉、浅次郎の三人も手をとめて、隼人に目をむけた。四人の顔は赤らんでいたが、目には強いひかりがあった。利助たち四人も、有馬が残っているうちは事件の始末がついていないとみていたのである。

「いや、あの男は江戸にいる」

隼人には、確信があった。

江戸のどこかに身を隠しているはずである。有馬が江戸を去るとすれば、隼人との勝負を終えてからであろう。

「旦那、明日から有馬の居所を探りやしょうか」

利助が言うと、綾次たち三人もうなずいた。

「いや、いい。有馬はおれが探し出す」

そうは言ったが、隼人は有馬を探す必要はないとみていた。有馬の方で、隼人の前にあらわれるだろう。

それから、半刻（一時間）ほどしたとき、数人の客が店に入ってきた。隼人は潮時だと思い、腰を上げた。利助や繁吉たちが、八丁堀まで送ると言い出したが、隼人は断った。利助たちは、隼人が酒を勧めたこともあってだいぶ酔っていたのである。

4

戸口まで、八吉が見送りにきた。まだ、暮れ六ツ（午後六時）前のはずだが、屋外は夕暮れ時のように薄暗かった。

八吉が空を見上げながら、

「旦那、降ってくるかもしれやせんぜ。傘を持っていきやすか」

と、訊いた。

見上げると、西の空からひろがった黒雲が、空の半分ほどをつつんでいた。なおも急速にひろがりつつある。湿気を含んだ生暖かい風も吹いていた。

そのとき、遠方の黒雲の間に稲妻がはしり、数瞬間をおいて雷鳴が聞こえた。遠いらしく、雲間で谺《こだま》するような音だった。

「春だというのに雷か……」

隼人も、八丁堀に行き着く前に降ってくるかもしれないと思った。

「ちょいと、お待ちを」

そう言い置いて、八吉は店へ引き返した。

八吉は、すぐに番傘を手にしてもどってきた。

「借りるぜ」

隼人は番傘を手にして歩きだした。

紺屋町から大伝馬町の町筋を抜けると前方に道浄橋が見えてきた。その先には米河岸がある。米河岸にはいつもの賑やかさがなく、閑散としていた。いまにも降ってきそうな空模様のせいだろう。それでも、印半纏を羽織った奉公人や船頭などが、せわしそうに行き来している。

隼人は米河岸を抜け、日本橋川にかかる江戸橋を渡り始めた、そのとき、また稲妻がはしり、遠方で雷鳴が低くひびいた。橋上にいた娘が、キャッという悲鳴を上げ、耳を押さえて小走りに渡っていく。

隼人が材木町から楓川にかかる海賊橋を渡り始めたとき、ぽつ、ぽつと雨が降ってきた。

……本降りになるまでは、間がありそうだ。

黒雲はだいぶひろがってきたが、雲の間から夕暮れ時の空の色も見えたのだ。坂本町の先の南茅場町の通りは淡い夕闇につつまれ、人影もなかった。すでに、町筋の表店は店仕舞いしている。

隼人は歩きながら、傘をひろげた。組屋敷に帰るまでに、濡れそうだった。

松平和泉守の上屋敷の前を通り過ぎ、南茅場町へ入って間もなく、隼人は前方の路傍に立っている人影を目にした。そこは渋川たちに襲われた場所より一町ほど手前だった。路傍の男は手ぬぐいで頰っかむりしていた。老齢らしく、背がすこし丸まっている。

……有馬か！

隼人は足をとめたが、すぐに歩きだした。

しだいに、前方に立っている男との間がつまってきた。手ぬぐいの間から白髪の多い鬢が覗いている。ただ、胸が厚く、腰はどっしりと据わっていた。身辺に、剣の遣い手らしい威風がただよっている。

まちがいなかった。入堀沿いで切っ先をまじえた男である。

男はゆっくりとした歩調で通りへ出てきた。両腕を垂らしたままだが、歩く姿に隙がなかった。

隼人は足をとめて、傘をすぼめた。男との間合は、およそ五間。男も足をとめ、隼人と向き合った。

そのとき、稲妻がはしり、雷鳴がひびいた。その雷光のなかに、男の顔が浮かび上がった。かぶった手ぬぐいで、表情までは分からなかったが、男の双眸が猛禽《もうきん》を思わせるようにひかっていた。

「有馬八十郎か」

隼人が誰何した。

「いかにも。立ち合いを所望」

有馬は腰の刀に右手を添えた。

「よかろう。直心影流、長月隼人」

隼人は逃げるつもりはなかった。有馬と勝負を決するつもりでいたのだ。隼人は手にした傘を路傍に置いた。そして、左手で鯉口を切り、右手を刀の柄に添えた。

「わしは、一刀流を遣う」

言いざま、有馬は抜刀した。

すかさず、隼人も抜き、切っ先を有馬の目線につけた。

雨は降っていたが、気になるような雨ではない。

有馬の構えも青眼だった。ただ、構えは低く、切っ先を隼人の胸のあたりにつけている。入堀沿いの道で立ち合ったときと同じ構えである。

この構えから、籠手から胸へ、あるいは袈裟へ、二段突きのような連続技をはなってくるはずだ。

……籠手には籠手……。

そのとき、隼人の脳裏に野上の口にした言葉がよぎった。野上は、敵の初太刀を受けようとすれば、敵の術中に嵌まるとも言っていた。

……出頭をとらえるのだ。

隼人は胸の内でつぶやいた。

有馬は隼人との間合を四間ほどに保ったまま動かなかった。隼人も動かない。ふたりは、相青眼に構えたまま凝《じっ》としている。

ただ、ふたりの全身に気勢がみなぎり、お互いの剣尖には気魄がこもっていた。気で敵を攻め合っていたのだ。気の攻防である。

時が過ぎた。黒雲が上空を覆い、通りの夕闇が濃くなったように感じられた。

切っ先をむけ合ったふたりは、塑像のように動かない。雨が、ふたりの体を濡らしている。

稲妻がはしり、一瞬、ふたりの顔を浮かび上がらせた。

その稲妻に誘発されたように、有馬が動いた。ジリッ、ジリッ、と趾《あしゆび》を這うようにさせて間合をつめてくる。

だが、刀身も身構えも、まったく動かなかった。尋常の者では、有馬の寄り身に気付かなかったかもしれない。有馬は切っ先を隼人の胸に付けたまま、すこしずつ間合をせばめてくる。

ふたりの全身から鋭い剣気がはなたれ、しだいに緊張が高まってきた。

隼人は気を鎮めた。有馬が籠手へ斬り込んでくる起こりを感知しようとしたのだ。

ふいに、有馬が寄り身をとめた。一足一刀の間境の半歩外である。

……この間合から、斬り込んで来る！

と、隼人は察知した。

有馬の全身に気勢が満ち、斬撃の気がみなぎってきた。

5

数瞬が過ぎた。

ふたりの間の斬撃の気が、異様に高まっていた。まだ、動かない。瞬《まばた》きもせず、ふたりは相手の構えを見つめ、気の動きをとらえようとしていた。

と、天を切り裂くように稲妻がはしった。刹那、有馬の全身に斬撃の気がはしった。全身がふくれ上がったように見え、天をはしった稲妻と呼応し合うように、有馬の切っ先が夕闇を引き裂いた。

青眼から突き込むように籠手へ。

間髪をいれず、隼人の体が躍動した。

籠手へ。

ふたりの気合と雷のとどろきとが重なって、静寂《しじま》をつんざいた。

籠手と籠手。

ふたりの切っ先が、ほぼ同時に相手の手元に伸びた。

隼人は右手の甲に軽い疼痛を覚えた。次の瞬間、ふたりははじき合うように背後に大きく跳んだ。

有馬の右手の甲に血の色があった。有馬が連続して、胸に突きをくりださなかったのは、隼人の切っ先が籠手をとらえたせいかもしれない。

「見事だな」

有馬が低い声で言った。かすかに、口元に笑みが浮いている。余裕であろうか。いや、勝負を楽しんでいるような笑みである。

「初手は互角だ」

隼人はふたたび青眼に構えた。

手の甲から、タラタラと血が流れ落ちていた。それほどの深手ではないが、有馬の切っ先に皮肉を裂かれたようだ。

「まいる!」

有馬も青眼に構えた。切っ先を隼人の胸のあたりに付ける低い青眼である。

ふたりの間合は、三間半。まだ、斬撃の間からは遠い。

数瞬、切っ先を向け合った後、有馬が動いた。趾《あしゆび》を這うようにさせて、ジリッ、ジリッ、と間合をせばめてくる。

ふたりの間合がつまるにつれ、有馬の全身に気勢がみなぎり、剣尖に斬撃の気配が満ちてきた。

……また、籠手か。

隼人はちがうような気がした。

間合がせばまるにつれ、有馬の剣尖がすこしずつ高くなり、いまは隼人の喉元に付けられているのだ。

……喉か！

喉を狙うとすれば、連続技をふるうことはないだろう。喉を刺せば、それで勝負が決まるからだ。それに、喉は籠手よりも遠い。身を挺《てい》して飛び込まねば、切っ先が喉までとどかないはずだ。

……初太刀が勝負だ！

と、隼人は踏んだ。有馬は、喉の一突きで勝負を決する気でいるのだ。

ふいに、有馬の寄り身がとまった。右足が一足一刀の間境にかかっている。さっきより、半歩間合をせばめたのだ。喉を突くためであろう。

有馬の全身に気勢が満ち、剣尖に斬撃の気が高まった。有馬は動きをとめている。隼人も動かず、気を鎮めて、有馬の斬撃の起こりをとらえようとしていた。

雨が強くなっていた。ふたりの顔を濡らしている。隼人の額をつたった雨粒が、目尻に垂れてきた。

ピクッ、と隼人の剣尖が浮いた。額をつたった雨粒が気を乱し、剣尖を揺らしたのだ。

刹那、有馬の全身に斬撃の気がはしった。有馬の体がふくれ上がったように見え、切っ先が稲妻のように喉元へ伸びてきた。

瞬間、隼人の体も躍動した。

有馬の切っ先が隼人の喉元へ。

間髪をいれず、隼人は上体をかたむけながら籠手へ。

有馬の切っ先は、隼人の首筋をかすめて空を突いた。一方、隼人の手には皮肉を斬る重い手応えが残った。

ふたりは交差し、大きく間合を取ってから反転した。

隼人はすぐに青眼に構えたが、有馬は刀身を下げたままだった。右手が真っ赤に染まり、手の甲から、血が赤い筋を引いて流れ落ちている。

有馬は青眼に構えようとして刀身を上げたが、切っ先が震えた。深手で、思うように構えられないらしい。

有馬は、すぐに刀身を下ろしてしまった。

「これまでのようだな」

有馬は隼人を見て、口元に笑みを浮かべた。

「最後に、いい立ち合いをさせてもらった……」

つぶやくような声で言うと、有馬は刀身を自分の首筋に当てた。

「待て！」

隼人はとめようとして近寄ったが、間に合わなかった。

有馬は、刀身を引いて首筋を掻き斬ったのだ。首の血管《ちくだ》を斬ったらしく、血が驟雨《しゅうう》のように飛び散った。

有馬は血を撒き散らしながら、つっ立っていたが、腰からくずれるように転倒した。濡れた地面に伏臥した有馬は、いっとき四肢を痙攣させていたが、やがて動かなくなった。

隼人は兼定を鞘に納めてから、有馬の脇に屈んだ。首を横にむけている有馬は目をあけたまま死んでいたが、その顔はやすらかだった。雨が老いた顔や体を濡らしている。

……有馬は、斬られるために来たのかもしれぬ。

と、隼人は思った。

有馬は隼人が見せた一瞬の隙をとらえ、喉元へ突きをみまった。その突きが首筋をかすめて空を切ったが、有馬は初めからそこを突いたような気がした。

有馬は自害するつもりで、隼人と最後の立ち合いに臨んだのであろう。剣客として、強敵と存分に戦った上で、冥途に旅立ちたかったのかもしれない。

隼人は指先で有馬の目をとじてやった。

そのとき、また稲妻がはしり、雷鳴が天空にとどろいた。その雷光のなかに、雨に濡れた有馬の死顔が浮かび上がり、すぐに幕を下ろすように夕闇が顔をつつんで隠した。

隼人は立ち上がった。そして、有馬の死体の両脇に手を差し入れ、路傍まで引きずった。そのまま死体を放置しておくことは、できなかったのである。

隼人は組屋敷へ向かいながら、有馬を娘の鶴江と同じ場所に埋めてやろうと思った。

……あの世で、妻子といっしょに暮らすがいい。

そうつぶやくと、隼人は心の内が急に軽くなったような気がした。

本書はハルキ文庫（時代小説文庫）の書き下ろしです。

文庫 小説 時代
と 4-19

遠《とお》い春《しゅん》雷《らい》 八丁堀《はっちょうぼり》剣《けん》客《かく》同《どう》心《しん》

著者 鳥《と》羽《ば》 亮《りょう》

2010年6月18日第一刷発行

発行者 角川春樹

発行所 株式会社角川春樹事務所
〒101-0051 東京都千代田区神田神保町3-27 二葉第1ビル

電話 03(3263)5247[編集] 03(3263)5881[営業]

印刷・製本 中央精版印刷株式会社

フォーマット・デザイン&シンボルマーク 芦澤泰偉

ISBN978-4-7584-3483-6 C0193
http://www.kadokawaharuki.co.jp/[営業]
fanmail@kadokawaharuki.co.jp[編集] ご意見・ご感想をお寄せください。